AF287561

Christian Kössler – Bestialisches Innsbruck

pyjamaguerilleros *

Christian Kössler

Bestialisches Innsbruck

12 mysteriös, düstere Kurzgeschichten

Mit einem Vorwort
von Florian Pranger (Hrsg.)

pyjamaguerilleros *

Bibliographische Informationen der Deutschen Bibliothek
Die Deutsche Bibliothek verzeichnet diese Publikation in der
Deutschen Nationalbibliographie; detaillierte bibliographische
Daten sind im Internet unter htp://dnb.ddb.de abrufbar.

Edition:
*pyjamaguerilleros**
Andechsstraße 38/6
A-6020 Innsbruck

Herausgeber/Vorwort: Florian Pranger
Gestaltung/Satz: Kulturrebellen Productions
Lektorat/Korrektorat: Cri / Kulturrebellen Productions
Fotos (Mühlauer Friedhof, 01.10.07): Kulturrebellen Productions
Herstellung: Books on Demand GmbH, Norderstedt

Nr. 6 der Reihe *pyjamaguerilleros**

ISBN-Nr. 978-3-9501923-6-0

Innsbruck 2007

* by Cognac & Biskotten - www.cobi.at

Vorwort

Innsbruck, das sind 105 Quadratkilometer Gemeindegebiet, bevölkert von etwa 140.000 Einwohnern, idyllisch gelegen zu Füßen imposant aufragender Gebirgsstöcke. Einerseits geliebt als schmucke Landeshauptstadt mit hoher Lebensqualität, andererseits gehasst als perspektivenloses Provinzkaff. Die Innsbruckerinnen und Innsbrucker kennen diese Ambivalenz nur zu gut. Und sie kennen einander – zwar nicht immer persönlich, aber doch. Denn sie treffen an denselben Orten immer wieder auf dieselben Gesichter. Straßenbahn, Supermarkt, Treppenhaus. Nur selten passiert Neues, nur selten ändern sich die eingefahrenen Gewohnheiten des Alltags.

Monatlich zoomt Christian Kössler im vorliegenden Band in diesen Kleinstadttrott hinein, zwölfmal fokussiert er einige dieser Plätze, Straßen und Menschen und lässt seine Phantasie mit ihnen spielen. Er reißt sie heraus aus ihrem behüteten, wohlgeordneten, leicht durch- und überschaubaren Leben, macht sie zu hilflosen Opfern unheimlicher und teils unerklärlicher Phänomene, lässt ihre Mitbürger zu Ahnungslosen werden. Die Bandbreite reicht dabei vom sportlichen Yuppie über die esoterikbegeisterte Pensionistin bis hin zum schwerreichen Stadtmafioso. Mit lakonischem Witz und nicht ohne Zynismus führt der Autor den Leser durch die Orte der Handlung. Das Wissen um die reale Gegebenheit der Schauplätze erzeugt dabei eine schauderhafte Unsicherheit. Man schwankt zwischen Fiktion und Realität, zwischen Erfahrenem und Erdachtem. Und man wird vor allem neugierig. Es gelingt Christian Kössler den Leser mitzunehmen, ihn davon zu überzeugen sich einzulassen auf das „was wäre wenn?". Mit seinen zwölf Geschichten erschafft er ein wahrhaft bestialisches Innsbruck, einen krassen Kontrapunkt zum unspektakulären Stadtalltag und ein spannendes, kurzweiliges Lesevergnügen.

Florian Pranger, Innsbruck 2007

Die 12 mysteriös, düsteren Kurzgeschichten:

"Graut Liebchen auch? .. Der Mond scheint hell!
Hurra! Die Toten reiten schnell!
Graut Liebchen auch vor Toten?" -
"Ach, lass sie ruhn, die Toten!" -

Gottfried August Bürger[1]

1

Jänner

Bergsilvester

...58, 59, 0:00 Uhr. Es bergsilvestert in Innsbruck. Sehr massiv. Oben am Himmel kracht und donnert, sprüht und funkt es. Rot, blau, gelb, grün. Wir konstatieren ein heillos überlastetes Handynetz und selbst wenn es jemand schafft irgendwen zu erreichen, werden beide Gesprächspartner im Stile von Kriegsberichterstattern ihre Neujahrswünsche ins Telefon brüllen, denn im Hintergrund fliegen Raketen und detonieren Sprengkörper. Nur der Inn zieht seine Bahn gleichgültig, fast stoisch, durch die Metropole, die Weltstadt der Weltstädte.

Wir beobachten den Lombarden, der den Pradler Obstverkäufer umarmt, den Venezianer, der dem Metzger aus dem Saggen voll Rührung die Hand drückt, während der Piemonteser mit der Kassierin vom Reichenauer Drogeriemarkt den Donau-Walzer tanzt. Die italienische Invasion ist an ihrem völligen Höhepunkt angelangt, bald wird die Ottoburg fallen und die Übernahme der Stadt steht kurz bevor.

Einer bringt sich langsam vor dem südländischen Temperament in Sicherheit. Dass man sich zum Bergsilvester mitten in der Stadt aufhält, heißt ja noch lange nicht, dass man ihn, den Bergsilvester, auch lustig und toll findet. Franz Rablsteiner findet ihn auch nicht lustig und toll, aber er hat sich halt um Himmels Willen einmal eingebildet, sich das Ganze einmal anzuschauen. Es reicht ihm jetzt. Aber was soll man denn sonst machen? Richtige Freunde hat er keine, mit denen er feiern könnte. Haben Sie richtige Freunde?

Zählen Sie einmal bitte genau, ganz genau nach! Na, bei aller Ehrlichkeit dürften Sie wahrscheinlich nur eine Hand voll zusammengebracht haben. Sehen Sie, dem Rablsteiner geht es ganz ähnlich. Den mag eigentlich fast niemand.

Er ist Geschäftsmann. Erfolgreich, nicht sehr gut aussehend und Alkoholiker. Zugegebenerweise hat jeder von uns mindestens ein Laster, also verurteilen sie den guten Mann nicht vorschnell. Aber wie bereits erwähnt: Besonders beliebt ist er nicht, der Franz. Es gibt eigentlich nur einen, der mit ihm so etwas wie ein freundschaftliches Verhältnis hat: Den Schneider Luggi. Aber der ist zurzeit in Argentinien. Doch er wird in einigen Minuten ein Gespräch mit dem Rablsteiner Franz führen. Dazu kommen wir gleich.

Bewegen wir uns also mit unserem Geschäftsmann langsam heraus aus der Masse, schälen wir uns aus der Menge und strömen mit dem Strom der Menschen die Maria-Theresien-Straße hinauf. Dem Franz ist jetzt mehr nach Prozentigem als nach Pyrotechnischem. Eines seiner Lieblingslokale liegt in Wilten. Und genau dahin geht jetzt der Rablsteiner. Während fast alles, was sich auf der Straße befindet, zielstrebig Richtung Innenstadt marschiert, ist unser durstiger Freund einer der wenigen, die sich nach Süden orientieren. Er richtet seinen Blick geradeaus, die Triumphpforte grüßt schon freudig, als er, sagen wir einmal hundert Meter vor ihm, gerade so zufällig in der Menge, einen offensichtlich Einheimischen sieht, der einem offensichtlichen Asiaten die Hand schüttelt.

Er scheint ihm etwas zuzuflüstern, dem Mann aus dem fernen Osten, aber etwas wirklich Freundliches dürfte da nicht zu dessen Ohren gedrungen zu sein. Der Angesprochene zeigt, bar jeder asiatischer Höflichkeit, dem Flüsterer einen Vogel, dreht sich echauffiert weg und sucht das Weite. Warum Rablsteiner diese Szene so beachtet hat, kann er eigentlich nicht erklären. Noch denkt er darüber nach, was eigentlich seine Aufmerksamkeit so erregt hat, da ist der besagte Mann bereits vor ihm aufgetaucht.

„Ich freue mich, dass ihr Projekt in Argentinien von Erfolg gekrönt sein wird. Wirklich wahr, das wird eine absolut lohnenswerte Investition. Nur schade, dass sie die Früchte dieses Unternehmens nicht mehr ernten werden können. Denn sie werden heute Nacht sterben, Herr Rablsteiner!"

Dem Franz bleibt komplett der Atem weg und kalt kriecht es ihm den

14

Buckel herauf. Und noch bevor er irgendetwas sagen, antworten kann, ist der rätselhafte Mensch im Trubel der Theresienstraße verschwunden. Spurlos. Mit offenem Mund steht Rablsteiner da. Woher…, wie, in Gottes Namen…?

Ich denke, Sie würden nicht minder verwirrt sein als unser guter Franz, der jetzt ziemlich durch den Wind ist. Weder hat er diesen Kerl gekannt noch gibt es irgendeinen Menschen in Tirol, der von der Sache in Buenos Aires eine Ahnung hat. Aber woher wusste der das alles? Und warum sollte er, Franz Rablsteiner aus Innsbruck, in der Neujahrsnacht sterben?

Schon lange ist der seltsame Mann in der Menge verschwunden, da geht der Unternehmer langsam weiter. Unterlagen, Briefe, das Gesicht des Mannes… alles schießt ihm durch den Kopf. Wie ist so etwas möglich? Hat der Luggi geplaudert? Irgendetwas weitergegeben? Nein, der Luggi nicht. Aber, aber wenn es nur… Rablsteiner reibt sich die Augen, das Knallen und Krachen hoch über Innsbruck hat mittlerweile aufgehört. Nur noch vereinzelt hört man Döller, pfeifen Raketen in die Nacht. Glück hat man gehabt. Brutales Glück mit dem Wetter, denn es ist sternenklar und trotzdem sehr mild für diese Jahreszeit.

Die Nordkette grenzt sich scharf und deutlich vom Himmel ab. Blickt hinunter auf die Stadt, auf Zehntausende von Menschen, aufs Tivoli-Stadion, auf den Baggersee, auf das Stift Wilten. Auf den Rablsteiner Franz, der mittlerweile bei seinem Lokal angekommen ist. Noch sitzt ihm der Schreck gehörig in allen Gliedern, aber das, das wird sich bald ändern.

Natürlich ist es hier ziemlich voll. Rauchschwaden, Nebel. Und doch lässt sich erstaunlich schnell ein Glaserl Whisky ergattern. Und noch eines. Das bernsteinfarbene Zeug brennt die Kehle hinunter und sorgt binnen kürzester Zeit für eine völlige Gemütswandlung bei Herrn Rablsteiner. Und Wärme steigt auf in ihm. Angenehm. Da läutet das Handy.

Franz wühlt in seinen Taschen, zupft, zerrt schließlich sein Mobiltelefon

15

hervor und jault ein stark alkoholgeschwängertes „Raablsteiner" ins Gerät.

„Franz, Franz, alles, alles Gute fürs Neue Jahr. Du, du… wirst's mir nicht glauben, aber ich hab's fixieren können…"

„W-wen fixieren? Fix lauda…"

„Wir kriegen das Grundstück hier in Buenos Aires. Na, was sagst jetzt? Is' der Luggi der Beste oder ist er der Beste?"

„Lu-lu-Luggi, das hast du wu-wunderbar hinbekommen. Asolut sensonell… ich bin stolz auf dich, ehrlich…"

„Ich hör' dich so schlecht, Franz. Die Verbindung. Ist ja schon ein Wunder, dass ich überhaupt durchgekommen…"

Weg ist er, der Luggi. Gekappt die Verbindung über den Atlantik, aber fixiert der Grundstückskauf in Buenos Aires. Mag ihn der Alkohol noch so benebeln, die Schaltstelle für positive Geschäftsabschlüsse in Rablsteiners Gehirn funktioniert nach wie vor bestens. Er erkennt die Bedeutung der Nachricht, die ihm da der Schneider Ludwig aus Südamerika übermittelt hat. Und er erkennt noch etwas: Das Gesicht des Fremden, der ihm jene unheilvolle Prophezeiung gemacht hat. Rablsteiner schaut aus dem Fenster des Lokals. Nein, kein Zweifel, dieser Mann steht da draußen und schaut ihn an.

Er muss hinaus. Das Glas fällt zu Boden, Rablsteiner murmelt eine Entschuldigung und drückt der Dame hinter der Bar einen Fünfziger in die Hand. Es passt schon. Er verlässt das Lokal. Hektisch, mit schnellen Schritten.

Und läuft genau in das Auto, welches von Süden her die Leopoldstraße herauffährt. Gut, 25 km/h sind nicht sehr schnell, reichen aber aus, um den Geschäftsmann niederzustoßen, ihn dreimal überschlagen und anschließend benommen liegen zu lassen. Das Geschehene alarmiert die

Lokalbesucher und die halbe Straße. Fenster und Balkontüren werden aufgerissen, die „Schauger" und Gaffer schauen und gaffen.

„...ja, dir auch ein gutes Neues... wie? Geht grad schlecht. Ich ruf' dich dann später zurück, da ham's grad jemanden niedergfahren... mmmh, man sieht nit wirklich viel..."

Die Menschentraube wächst, Handys läuten, Neujahrswünsche ohne Ende. Da kommt die spontane Idee, die Rettung anzurufen.

Während der Lenker des Autos schockiert und völlig durcheinander über dem Rablsteiner kniet, ist doch tatsächlich jemandem eingefallen, Hilfe anzufordern. Nicht, dass man sich über den späten Zeitpunkt dieser Maßnahme wundern möchte, aber man hätte ja genauso gut die Zeitung anrufen können. Schön, dass es noch so viel Menschlichkeit gibt in der Neujahrsnacht. Sehr schön.

Und so kommt es, dass mitten im kollektiven Taumel der „Schauger"-Kombo Hilfe für den Rablsteiner angefordert wird. Der liegt immer noch benommen vor dem Schaufenster eines Geschäftslokals und macht auch keinerlei Anstalten aufzustehen.

„Er wacht auf!"

Rablsteiner zwinkert. Und blickt auf weiß, auf helles Grün.

„Ganz ruhig, Herr Rablsteiner, es ist alles in Ordnung. Sie sind auf der Klinik. Wissen sie noch, was passiert ist?"

Der Verunfallte, dem sämtliche Knochen wehtun, sieht ein junges Gesicht vor ihm. Offensichtlich eine Frau Doktor. Natürlich weiß er, was los war. Was soll denn auch die Frage? Au weh, alles zieht und schmerzt. Ein Mix aus Ärzten, Pflegern und Schwestern hat sich um ihn geschart und ist bemüht, dem Geschäftsmann die allerbeste Pflege angedeihen zu lassen.

„Sie haben unheimliches Glück gehabt. Außer Prellungen, einer Rissquetschwunde am Hinterkopf und einer leichten Gehirnerschütterung fehlt ihnen nichts. Das war ja ein rasanter Start ins neue Jahr. Vergleichsweise harmlos aber zu dem Mann, dem's im O-Dorf bei einer Silvesterfeier die halbe Hand weggerissen hat. Grausige Sache…"

Die letzte Schilderung hat Rablsteiner gar nicht mehr so richtig mitbekommen, denn sein Kopf dröhnt und pocht, er hat die Augen geschlossen und möchte eigentlich nur mehr eines: Ruhe!

„Schwester! Bevor sie Pause machen, bringen sie den Herrn bitte auf sein Zimmer. Ich schau' ihn mir dann später noch einmal an. Wo ist denn der Steiner schon wieder? Kann mir jemand schauen, wo der Steiner mit meinem Kaffee geblieben ist?"

Das Krankenbett setzt sich langsam in Bewegung und rollt den glatten Krankenhausboden entlang.

„Das kriegen wir schon hin, Herr Rablsteiner. In ein paar Tagen geht's uns wieder richtig gut."

Eine sanfte und beruhigende Stimme spricht auf den Geschäftsmann nieder, dessen Neujahrsnacht so unsanft unterbrochen wurde. Sanft und beruhigend.

„Ah, hallo, Schwester. Machen Sie ruhig Pause. Ich kümmere mich um den Herrn! Und, gut gerutscht?"

„Ja, danke. Sie wissen wohin mit Herrn Rablsteiner?"

„Na, ich denke doch, dass ich das weiß. Also, machen sie ruhig Pause. Auf Wiedersehen…"

Weiter rollt das Bett und Rablsteiner liegt in selbigem, beinahe schon vor sich hindämmernd. Zwar immer noch angeschlagen, aber heilfroh, noch am Leben zu sein.

„Don't cry for me, Argentina! Freut mich sehr, dass es mit Buenos Aires geklappt hat. Da-da , da-da, dam da-da-da...“

Die Stimme summt leise vor sich hin. Auch sanft und beruhigend. Und doch liegt irgendetwas Seltsames darin.

„Muss schön sein dort. Hmmm. Trotzdem, ich bin untröstlich, ihnen mitteilen zu müssen, dass sie ihren kleinen Geschäftstriumph nicht mehr gebührend werden feiern können.“

Eiskalt durchfährt es den Rablsteiner. Er öffnet die Augen und erkennt den Mann, der ihm auf der Theresienstraße diese grauenhafte Prophezeiung gemacht hat. Kein Zweifel, nicht der geringste. Er ist es...

„Tja, der Herr mit dem übergroßen Böller wollte es mir ja auch nicht glauben. Und jetzt hat er ein Stückchen Hand weniger.

Sie fragen sich jetzt mit Sicherheit, warum ausgerechnet sie sterben müssen? Ich habe, ehrlich gesagt, keine Ahnung. Ist halt so. Ich bin auch weder hier angestellt noch ein Krankenpfleger. Einfach nur da, um ihnen den Tod zu bringen. Einmal muss jeder gehen. Sehr poetisch, nicht wahr? Wie bitte? Oh, sie bekommen kein Wort aus ihrer Kehle? Verständlich, absolut verständlich in dieser Lage, in der sie sich befinden. Sie ist völlig ausgetrocknet und sie selbst sind wie gelähmt, oder? Ah, wir sind da. So... dann drücken wir den Knopf und warten!“

Rablsteiners Hals ist wie zugeschnürt. Trotz der Panik, die in ihm aufsteigt, von Sekunde zu Sekunde größer wird, ist er völlig unfähig zu reagieren.

Bing.

„Na so was. Diese neumodischen Lifte sind auch nicht wirklich verlässlich.

19

Stellen sie sich vor: Die Tür ist offen und kein Lift ist da. Nur ein tiefer, schwarzer Abgrund. Sechs Stockwerke geht's da hinunter... Wo wollten sie noch mal hin?"

Langsam setzt sich das Bett in Bewegung, rollt auf die offene Fahrstuhltüre zu.

„Don't cry for me, Argentina... Auf Wiedersehen, Herr Rablsteiner!"

2

Februar

Grenzgänger

...zu wissen, dass sie niemals auf eine Seite gehören werden; nicht zu den Lebenden und nicht zu den Toten...

Der Unsinnige Donnerstag geht auf die Mitternachtsstunde zu. Es wird eine eisige Nacht werden, denn der Februar in diesem Jahr ist wirklich unglaublich kalt. Kennt man, weil es in Innsbruck grundsätzlich immer kalt ist. Außer im Juli oder im August. Da ist es manchmal entschieden zu heiß. Die Straßen in der Rossau wirken einsam und verlassen, leergefegt vom eisigen Wind. Die Türe der Discothek öffnet sich und heraus tritt eine dunkle, hagere Gestalt. Ein Umhang weht wie ein mächtiges Paar Flügel um die Schultern. Aus dem Inneren des Gebäudes dringt enervierende Bassmusik, Dröhnen, Stampfen. Die Tür schließt sich und dann ist nur mehr der Wind zu hören. Der Mann blickt nach Westen, die Straße hinauf. Langsam nähert sich ein Taxi, bleibt vor der Disco stehen.

„Haben sie das Taxi bestellt?"

Ein kurzes Nicken und dann steigt der Fahrgast ins Auto. Er macht es sich auf dem Rücksitz bequem und blickt durchs Fenster in die Winternacht hinaus.

„Höttinger Au, bei der ersten Tankstelle bitte!"

Der Fahrer blickt kurz in den Rückspiegel, legt den Gang ein und fährt los. Er mustert seinen nächtlichen Kunden, der offenbar gerade von einer Faschingsfeier geflohen ist. Er ist totenblass, nur die roten Lippen verleihen ihm eine eigenartige Vitalität. Völlig glatt rasiert zeigt das Gesicht eine gewisse Härte, die blutunterlaufenen Augen blicken starr und bedrohlich.

„Den Leuten dort wird es irgendwann um zwei Uhr früh das Trommelfell rauspusten, so viel ist sicher..." beginnt der übliche Versuch der Taxifahrer, eine Konversation zu eröffnen.

„Wenn sie bis dahin überhaupt noch bei Bewusstsein sind!" gibt der seltsame Fahrgast mit einem spöttischen Lächeln zurück.

Sie fahren bis zur Grenobler Brücke, überqueren sie und dann rast das Taxi die Hallerstraße hinunter.

„Vernünftig von ihnen, heute Abend ein Taxi zu nehmen!" meint der Fahrer ganz beiläufig.

„Ah, ja, sie meinen diese schlimme Geschichte! Wie viel sind's schon? Ich glaube, sieben! Ja sieben!"

„Sieben in einem Monat. Unglaublich!"

„Und ich denke, es wird nicht bei sieben bleiben. Man hat ja noch nicht einmal die geringste Spur gefunden. Kein Motiv, gar nichts..."

Nach einer kurzen Pause richtet sich der Fahrgast aus seiner bisherigen Position etwas auf und beugt sich nach vorn:

„Ich kann ihnen sagen, was das Motiv war. Und ich sage ihnen auch, dass sich die Polizei noch sehr, sehr wundern wird!"

„Jetzt machen sie mich aber neugierig!" antwortet der Taxifahrer und wirft dem Mann im Rückspiegel einen verschwörerischen Blick zu.

„Ich denke, es war ein Vampir! ...Nein, nein, lachen sie nicht. Oder können sie mir eine plausible Erklärung für die Morde liefern? In allen Fällen hatten die Leichen kein Blut, nicht das geringste Tröpfchen in ihren Adern, zwei kleine Einstichstellen an der Halsschlagader. Da muss man doch nur eins und eins zusammenzählen..."

„Sie wollen mir ernsthaft weismachen, dass hier, in dieser Stadt, am Beginn des 21. Jahrhunderts, ein Vampir sein Unwesen treibt? Ich bitte sie, machen sie sich doch nicht lächerlich..."

„Schon sehr bald wird in dieser Stadt kein Mensch mehr etwas zu lachen haben. Solange dieser Untote hier ist, wird er immer und immer wieder zuschlagen, bis es ihm hier zu langweilig wird. Dann zieht er weiter, um seine Fänge an einem anderen Ort in den Hals ahnungsloser Bürger zu schlagen... Glauben sie mir, das sind keine normalen Verbrechen. Wer sollte sich denn die Mühe machen, jemanden so zuzurichten? Dieser Zeitaufwand..., völlig unnötig. Und wie bekommt man das komplette Blut aus dem Körper heraus, ohne irgendwelche Spuren zu hinterlassen?"

„Die Opfer fand man jeweils in den Vorräumen ihrer Wohnung. Warum?"

„Unser Vampir scheut sich offensichtlich, auf der Straße zuzuschlagen. Vielleicht hat er dort auch keine Macht über fremde Menschen? Vielleicht fürchtet er, doch irgendwie entdeckt zu werden? Klar ist, dass er nur dann in eine Wohnung oder ein Haus hineinkommt, wenn er von seinem Opfer selbst hereingebeten wird..."

Das Taxi fährt an der neuen Hungerburgbahn-Brücke vorbei. Wie eine graue Schlange legt sie sich über den eiskalten Fluss und die Schienen verschwinden irgendwo in den Tiefen des Weiherburgtunnels.

„Okay, nehmen wir also wirklich an, der Mörder ist ein Untoter. Was ist das für ein Wesen? Wie lebt er?"

„Er durchwandert die Ewigkeit. Unruhig und rastlos. Seine Heimat ist die Dunkelheit, die Finsternis. Wo früher sein Herz schlug, ist nur noch Bitterkeit und Trauer. Er ist ein Grenzgänger. Ist es im wahrsten Sinne des Wortes, denn er wandelt auf der Grenze zwischen Diesseits und Jenseits. Immer im Wissen, dass er niemals auf eine Seite gehören wird; nicht zu den Lebenden und nicht zu den Toten..."

„Das klingt ja äußerst philosophisch! Vampir-Philosophie! So, wie Sie das sagen, müsste man eigentlich Mitleid haben mit diesem Kerl.

Er hinterlässt eine Spur der Gewalt und des Todes, und Sie stellen ihn dar als ...als ein Wesen, das trauernd durch das Dunkel der Nacht läuft... Wird ihn die Polizei jemals stellen, diesen weinerlichen Jammerlappen?"

Die ungewöhnlich spitzen Fingernägel des Fahrgastes bohren sich tief in die Lederpolsterung, als er sich auf seine Hände stützt und mit ruhiger Stimme flüstert:

„Selbst wenn sie es könnte; was würde sie der Bevölkerung erzählen? „Verehrte Anwesende! Unsere umfangreichen Recherchen haben ergeben, dass es sich bei dem Serienkiller um einen Vampir handelt. Leider sind uns mit den konventionellen Mitteln die Hände gebunden, da kann man nichts machen... Aber trotzdem würden wir uns sehr über Gebete, Knoblauchzehen und Holzpflöcke freuen, um ihm den Garaus zu machen!" „Lachhaft, oder? Kein Mensch würde unserer Exekutive glauben. Man würde sie alle ins Irrenhaus stecken."

„Das ist... das wäre der Vorteil des Vampirs! Er trampelt herum auf unserer Ungläubigkeit, wenn ich ihren Faden weiterspinne... Weil nicht sein kann, was nicht sein darf, richtig?"

„Richtig! Und so wird er unsere Stadt weiterhin heimsuchen, bis es ihn weitertreibt. Vermutlich in Richtung Westen. Denn wenn Sie die Zeitungen der letzten Monate studiert haben, dürften Ihnen die rätselhaften Todesfälle in den östlichen Nachbarstädten nicht entgangen sein. Und jetzt spaziert er hier munter mitten unter uns durch die Gegend..."

„Sein letztes Opfer war ein Taxilenker. Was wäre, wenn es als nächstes einen Polizisten erwischen würde? Wäre man dort bereit, anders zu denken? Zu glauben?"

„Ja, es könnte vielleicht so etwas wie ein Umdenkprozess stattfinden. Ändern würde es aber an der Situation trotzdem nichts, wenn Sie mich fragen... So, da vorne rechts können sie mich rauslassen... ja, genau hier. Warten Sie, mein Portemonnaie..., so, bitteschön. Und passen sie gut auf sich auf. Man weiß ja nie!"

Er kann niemals damit aufhören. Er tanzt mit der Unendlichkeit einen ewig währenden, unaufhörlichen Tanz. Immer weiter und weiter, bis vielleicht, eines Tages, das Schicksal ein Einsehen mit ihm hat und ihn beendet, diesen unseligen Reigen.

Der dunkel gekleidete Mann steigt aus dem Wagen und macht sich auf den Weg zu seiner Wohnung. Er geht den gepflasterten Weg in Richtung Türe, als ihm der Fahrer nachruft:

„Verzeihung, …äh, ich glaube, ich habe ein Problem mit dem Funk. Könnte ich bitte ihr Telefon benutzen? Ich würde mich ganz gern bei meiner Zentrale abmelden, sie waren meine letzte Fuhre."

Die Türe wird aufgesperrt und der Taxilenker hereingebeten. Beiläufig fragt er:

„Eines würde mich noch interessieren: Was machen sie eigentlich beruflich?"

„Ich bin Reisebüroangestellter. Und sie? Was tun sie so, wenn sie nicht gerade Taxi fahren?"

„Dann bin ich der Grenzgänger, wie sie mich ja so treffend bezeichnet haben, lasse mich in eine Wohnung bitten und sauge meinen bis dahin ahnungslosen Opfern das Blut aus den
Adern …"

3

März

Bis dass der Tod euch scheidet

„Und ich sag's dir zum hundertsten Mal: Auf deine Messen und Ausstellungen kannst du dir selber hingehen!"

„Was ist jetzt da bitte so schlimm dran?"

„Es ist jedes Mal dasselbe: Ein Lärm, ein Gedränge, das hält ja kein Mensch aus. Weißt du noch, wie ich das letzte Mal geschwitzt habe? Und nur, weil du eine halbe Stunde bei diesem Stand irgendwelche Schleifmesser anschauen musstest…"

Wer über vierzig Jahre verheiratet ist, hat sich entweder wirklich gern oder nur aneinander gewöhnt. Bei manchen Eheleuten kann man aber wohl nur mehr von gegenseitiger Duldung sprechen. Das ist auch der Zustand, der bei den Prantls herrscht. Gegenseitige Duldung in einem Jahrhundertwendehaus im Saggen. Zwar sind noch keine Teller geflogen am Claudiaplatz, aber die Wortgefechte, die sich die beiden, der Luis und die Ilse Prantl, liefern, sind mindestens so gefährlich wie durch die Luft geschleudertes Geschirr. Wie heißt es so schön? Bis dass der Tod euch scheidet…

Die Ilse bildet sich also wieder einmal ein, auf eine Messe zu gehen. Eine Esoterikmesse. Der blanke Horror für ihren Luis, der sich lieber daheim die Zeitung anschaut auf dem gemeinsamen braunen Sofa, das sie vor dreiundzwanzig Jahren in einem Möbelhaus gekauft haben. Man kommt also hier nicht wirklich auf einen Nenner und so nimmt sich die Dame des Hauses einen Mantel, schlüpft in ihre Schuhe und verlässt, vor sich hinschimpfend, die Wohnung.

Sie trippelt gemütlich durch den Saggen Richtung Innenstadt, das Blau lacht fröhlich vom Märzhimmel und die Vögel zwitschern friedlich vor sich hin.

Ilse bezahlt die Eintrittskarte, mischt sich unter die Menge, betrachtet und schaut aufmerksam. Räucherkerzen, duftende Kräutertees, Kristallkugeln,

31

seltsame Bücher. Sie hat ja immer schon ein Faible für dieses Übersinnliche, Geheimnisvolle gehabt.

Wie sie so dahinspaziert, fällt ihr ein einfacher Stand auf, mit blaugrauen Vorhängen, einem schönen, hellen Holztisch und zwei Sesseln davor. Ein jüngeres Ehepaar sitzt da und plaudert mit einem freundlichen Mann, der wortreich gestikuliert und die beiden abwechselnd dabei anlächelt. Er lehnt in einem schwarzen Lederstuhl und blickt neugierig auf, als sich Ilse Prantl nähert. Offensichtlich ist das Gespräch gerade zu Ende, denn sie hört ihn nur noch sagen:

„Also dann, überlegen sie es sich noch einmal gut! Ich würde mich wirklich sehr, sehr freuen, wenn ich sie morgen wieder begrüßen dürfte. Auf Wiedersehen und recht vielen Dank für ihr Interesse!"

Er reicht zuerst der Dame, dann dem Herrn höflich die Hand, verbeugt sich dabei und ist mit wenigen Schritten bei Frau Prantl. Auf dem linken Fuß hinkt er auffallend. Das Ehepaar verschwindet langsam in der Menge.

„Guten Tag, gnädige Frau! Sie haben so neugierig geschaut, dass ich fast annehmen muss, sie hätten meinen Stand noch nie bei einer dieser Messen gesehen..."

„Ja, ja, tatsächlich. Jetzt bin ich schon so viele Jahre Besucher solcher Veranstaltungen, aber sie sind mir noch nie aufgefallen."

„So? Na, das ist aber seltsam. Doch sie können mir glauben: Sie werden mich immer finden, wenn sie mich brauchen."

Der Mann muss, seinem Aussehen nach, um die Fünfzig sein, wirkt sehr gepflegt mit seinem glattrasierten Gesicht und dem grauen Anzug, der keine einzige Falte wirft. Er hat ein markantes Profil, eine scharfgezeichnete Hakennase und ein stark vorstehendes Kinn. Seine Augen leuchten in einem eigenartigen, hellen Blau.

„Aber was halten wir uns mit derartigen Nichtigkeiten auf? Kommen sie, ich denke, ich kann ihnen durchaus zu Diensten sein. Ein Glas Wein vielleicht?"

Und schon sitzt Ilse Prantl auf einem bequemen Sessel, mit einem Glas französischen Rotwein in der Hand und lauscht den Worten des Mannes. Er spricht mit angenehm leiser und tiefer Stimme und immer wieder ist es seine Gestik, die sie in seinen Bann zieht. Mit großen, schmalen Händen scheint er regelrecht das, was er sagt, in die Luft zu zeichnen. Sie malen ein seltsam bewegtes Schattenbild an die Wand hinter ihm. Meine Güte, denkt sie sich, das ist ein richtiger Verkäufer. Einer vom alten Schlag. Nicht so wie die Jungen von heute. Diese Oberflächlichkeit. Gleichgültig, an welchem Stand der wäre, er würde wirklich alles verkaufen können.

„Und jetzt schreiben sie mir ihren innigsten Wunsch auf dieses Blatt. Sie werden sehen, er wird sich erfüllen. Trauen Sie sich nur! Glauben sie mir! ...Nein, ich darf natürlich jetzt nicht drauf schauen. Wo denken sie denn hin? Erst wenn sie weg sind, werde ich mein Auge auf diese Wörter, welche sie zu Papier gebracht haben, werfen. Tun sie's ruhig. Haben sie keine Scheu..."

Am nächsten Tag lacht sie wieder vom Innsbrucker Himmel, die Sonne. Wieder zwitschern die Vögel, und wieder trippelt eine alte Dame durch die Stadt. Sie löst ihre Karte und steuert zielstrebig zu dem Stand mit den blaugrauen Vorhängen und dem freundlichen Herrn.

„Ja, hallo, Frau Prantl. Schön, sie zu sehen! Das ist aber wirklich fein, dass sie mich so schnell wieder besuchen. Wie geht es ihnen? Aber Frau Prantl? Sie sind ja ganz blass... und ein bisschen zittrig. Was ist denn los? Hat es nicht geklappt mit ihrem Wunsch?"

Tatsächlich. Die Ilse Prantl sieht wirklich nicht gut aus. Bleich und nervös nimmt sie vor dem Schreibtisch Platz, blickt immer wieder verstört über die Schulter.

„Ich... ich..."

„Beruhigen sie sich erst einmal. Ich schenk' ihnen ein Gläschen Wein ein."

Der Inhaber des Standes nimmt ein kristallklares, kostbar geschliffenes Glas, das im Schein der Verkaufslampen funkelt und blitzt.

Er füllt es zur Hälfte mit dem Rebensaft und stellt es der Dame mit einer höflichen Verbeugung hin. Der Mann lächelt sanft und stützt den Kopf auf seine Hände. Für einen Augenblick glaubt Ilse, das Blut purpurrot durch die dünnen Adern pulsieren zu sehen.

„Und jetzt erzählen sie mir, was sie so beschäftigt! Ich sehe doch, dass sie etwas bedrückt. Ist ihr Wunsch nicht in Erfüllung gegangen?"

Die alte Frau blickt ihr Gegenüber unsicher an. Ihre Hände zittern ein wenig, die Knie sind fest aneinander gedrückt.

„Doch. Doch, natürlich!" sagt sie zögernd. „Ich hab's mir ja so gewünscht. Aber... aber wer soll denn das jetzt alles aufräumen?"

„Aaah, da drückt der Schuh!"

Der Mann mit dem grauen Anzug lässt sich nach hinten in den Stuhl fallen und breitet seine langen Arme aus.

„Das, Frau Prantl... ist überhaupt kein Problem! Das können Sie mir wirklich glauben. Ich habe überall meine Leute. Gehen sie ruhig nach Hause. In einer halben Stunde werden zwei Männer an ihre Türe klopfen und sich um alles kümmern, alle Spuren beseitigen. Seien sie völlig unbesorgt. Keine Seele wird davon etwas bemerken. Keine Seele..."

Die Dame blickt erleichtert.

„Na, da fällt mir aber ein Stein vom Herzen. Wissen Sie, als ältere Frau wäre das ja nicht so einfach geworden für mich. Er ist ja ziemlich schwer…"

„Ich verstehe. Aber wie gesagt: Keine Sorge, wir kümmern uns drum. Versprochen. Und jetzt bekomme ich gerade noch eine Unterschrift, gleich hier unten."

Umständlich zieht der Mann aus einer Schreibtischlade ein gelbes Blatt Papier hervor und reicht es der Prantl Ilse hin. Und immer wieder dieses freundliche, dieses einladende Lächeln.

„Haben sie einen Kugelschreiber?" fragt die Dame.

„Aber nein, ich bitte sie! Wir machen das noch ganz altmodisch. Manche Dinge ändern sich nie… Wenn ich eben nur kurz ihre Ader anritzen dürfte? Bei mir unterschreibt man nämlich immer noch mit Blut."

4

April

Aus dem Schattenreich

„Ich hätte es niemals für möglich gehalten. Nicht im Entferntesten wäre es mir in den Sinn gekommen, auch nur einmal damit konfrontiert zu werden. Ich wurde eines Besseren belehrt, der Wahrheit gegenübergestellt. Zweifel und Skepsis, sofern sie je mit dieser Thematik zu tun hatten, waren mit einem Schlage weggeräumt. Auch jetzt noch, nach so vielen Jahren, hält mich dieses Ereignis, das an jenem Herbsttag mein Leben wohl für immer verändert hat, fest umklammert, lässt mich nicht mehr los. Ich spüre, wie ein Schauer meinen Körper durchfährt, wie sich beim Gedanken daran die Gänsehaut über meine Unterarme bis in die Wangen ausbreitet."

Brigitte Braunschweiger blickt aus dem Fenster des Restaurants im ersten Stock. Geistesabwesend macht sie einen Schluck aus Ihrer Tasse, die mit warmem, aromatischem Schwarztee gefüllt ist. Braunschweiger gegenüber sitzt eine schlanke, großgewachsene Frau, die jede Bewegung ihrer Gesprächspartnerin aufmerksam verfolgt. Es ist Nelly Grünwaldner, eine anerkannte Schweizer Psychologin und Spezialistin auf dem Gebiet des Paranormalen, des Übernatürlichen. Seit Jahren zeichnet sie Geschichten und Erzählungen über Begegnungen mit Geistern und Gespenstern auf, sammelt sie akribisch und analysiert sie bis ins letzte Detail. Sie hat den weiten Weg aus dem Rhonetal im Wallis nach Innsbruck genommen, um sich eine Geschichte anzuhören, die sie letztendlich weit mehr beschäftigen wird, als sie es sich je hätte träumen lassen.

„Das eigentlich Beklemmende ist nicht nur die Erfahrung selbst, die ich machen musste. Nein, auch der Ort ist beileibe wohl nicht jener, an dem man etwas Übernatürliches, Phantastisches vermuten würde. Eine Buchhandlung, düster und staubig, dazu ein kauziger, alter Mann mit Monokel hinter der Theke würden vielleicht Anlass dazu geben, doch nicht eine moderne, hellbeleuchtete mit Angestellten, die in Fortbildungskursen über Kundenzufriedenheit und Reklamationsbehandlung geschult wurden.

Ich verlange von keinem, auch nicht von Ihnen, nur ein Wort meiner Geschichte zu glauben. Doch ich bin weit entfernt davon, jemandem diese Begegnung zu wünschen, die ich hatte. Ich habe es bereits erwähnt: Es würde wahrscheinlich ihr Leben für immer verändern.

Damals breitete der Regen seit Tagen sein graues, nasses Kleid über dem Land aus, die Berge rund um die Stadt versanken hinter einem undurchdringlichen und trüben Schleier. Die Leute hasteten über den blitzblanken Asphalt und beschleunigten ihre Schritte mehr als sonst. Mit Schirmen, Regenmänteln und Jacken gepanzert, setzten sie sich der übelgelaunten Natur aus, die ohne jede Nachsicht als Niederschlag auf sie gnadenlos herunterprasselte. Mein Weg führte mich die lange Hauptstraße hinunter, vorbei an Straßenbahngeleisen. Vorbei an Regenpfützen, die immer mehr anwuchsen. Ich hatte meinen Schirm nach vorne gesenkt, denn immer wieder lenkten Windböen die Tropfen in völlig unerwartete Richtungen. Daher war ich froh, als ich, vorbei an drei Schüttkörben mit Aktionsangeboten, über einen Absatz in die Buchhandlung ging.

Meine Füße berührten Teppichboden, fast gierig sog ich den mir so bekannten Geruch ein. Lärm, Hektik und Nässe blieben vor der Türe, ich fühlte mich hier einfach wohl. Ich kann es gar nicht näher begründen, bin außerstande es jemandem genauer zu erklären. Die Atmosphäre wirkte auf mich und meinen Körper in einer äußerst angenehmen Weise. Ich ließ meinen Blick über die Regale gleiten, mich von meinen Augen führen zu Bänden, die mir beim letzen Besuch nicht aufgefallen waren.

Meine Hände glitten über Bücher, Reiseführer, Zeitschriften, ich stieg die Stufen hinauf in den ersten Stock, vorbei an Kalendern und Photos, Radierungen und nachgedruckten Gemälden. Obwohl gut besucht, war es in den Räumlichkeiten, vor allem hier oben, angenehm ruhig. Der weiche Boden schluckte Geräusche, dämpfte die Schritte der Kommenden und Gehenden, und still blätterten die Menschen, vertieft in Schriften und Zeilen.

Ich stand vor einem hohen, dunklen und feingemaserten Holzregal und hatte mir ein Buch mit gelbem Umband herausgefischt. Es war ein dicker Roman aus der Kreuzfahrerzeit, der mein Interesse geweckt und mich durch seine auffallende Farbe angezogen hatte. „Das Schwert aus Toulouse", ein Wälzer von fast fünfhundert Seiten, zog mich dermaßen in seinen Bann, dass ich die Frau, die neben mir stand, anfangs gar nicht bemerkte. Erst als ich einmal kurz aufsah, wurde ich auf sie aufmerksam.

Sie war eine kleine, zierliche Person, völlig schwarz gekleidet, mit einer dünnen, langen Strickjacke. Dunkelbraune und glatte Haare fielen bis über ihre Schultern und bedeckten einen Teil ihres blassen Gesichts. Als sie einmal kurz zu mir hersah, sie stand etwa zwei Meter entfernt, lächelte sie mir freundlich zu und senkte ihren Blick wieder in das Buch, das sie in ihren Händen hielt. Es läuft mir wieder eiskalt den Rücken hinunter, wenn ich an diese dunklen Augen denke, die mich damals anblickten. Es war und ist, auch im Nachhinein betrachtet, nichts, gar nichts Bösartiges an ihnen. In jenem Moment waren sie auch wenig auffallend für mich, doch jetzt, wo die Erinnerung an sie in meine Gedanken eingemeißelt ist, verursachen sie immer noch dieses beklemmende, unbehagliche Gefühl.

Wie lange wir beide wohl so dastanden, kann ich nicht mehr genau sagen. Es muss eine ganze Ewigkeit gewesen sein. Paradox, das Wort Ewigkeit in diesem Zusammenhang zu erwähnen, wo wir Menschen doch nicht die leiseste Ahnung haben von dieser Zeitspanne, die für andere ein Zuhause sein mag.

Die Frau blickte plötzlich auf die Uhr, ließ das Buch einfach liegen und ging mit schnellen Schritten in Richtung Treppe. Ich war dermaßen überrascht über diesen unvermuteten Abgang, dass ich zuerst völlig perplex dastand. Ich sah das Buch mit dem blauen Glanzeinband, das sie auf einen kleinen Lesetisch neben dem Regal gelegt hatte, blickte ihr nach und dann wieder auf den so eilig abgelegten Band. Und dann tat ich etwas, was ich einfach nicht erklären kann. Ich weiß es bis heute nicht, warum ich „Das Schwert von Toulouse" einfach aus der Hand gab und dieser Frau nacheilte.

Hinab über die Stiege, vorbei an lesenden und suchenden Kunden, verfolgte ich sie und verlor sie nicht aus den Augen. Ein Mann vor ihr

41

öffnete die Eingangstür, sie hastete an ihm vorbei hinaus auf die Straße. Nur ganz kurz, für einen Moment, verdeckte sein Körper ihre Gestalt, und als er nach rechts ausgewichen war, um mir, der Nacheilenden, Platz zu machen, war diese Frau verschwunden. Sie war einfach fort, vom Erdboden verschluckt. Ich stand ziemlich verdattert da, blickte nach rechts, links, überall hin. Nichts, nirgendwo konnte ich eine Spur von ihr erkennen.

Ich schaute wohl ziemlich verwirrt, denn die ältere Dame an der Kasse kam auf mich zu und fragte mich in mitleidsvollem Ton, ob sie mir denn helfen könne. Meine Hände auf die Hüften gestützt, war ich noch immer etwas neben der Spur und erklärte ihr erst auf nochmaliges Fragen, was ich gesehen hätte. Es wäre mir ein völliges Rätsel, wie sich diese Frau in Luft aufgelöst haben könnte.

Ein kurzes Nicken der Dame, dann zog sie mich auf die Seite und gab einer Kollegin Bescheid, die sofort Posten an der Kasse bezog. Es muss wohl etwas merkwürdig ausgesehen haben, wie wir beide so dastanden: Ich und diese ältere Frau, die meine Hände in die ihren nahm und mir zwischen Wanderführern und faltbaren Panoramakarten etwas erzählte, das mein Vorstellungsvermögen gänzlich überbot.

Ich hätte den Geist einer Kundin gesehen, die vor Jahren vor der Buchhandlung tödlich verunglückt sei. Die Frau habe, so ergaben Nachforschungen, völlig die Zeit übersehen und wäre zu spät zu einem Treffen mit Freunden gekommen.

Als sie aus dem Geschäft eilen wollte, um die Straße zu überqueren, übersah sie einen herannahenden Bus und wurde von diesem erfasst. Sie verstarb noch am Unfallort, keine zehn Meter vor dem Laden. Seither gäbe es immer wieder Berichte von Leuten, die die Frau in der Buchhandlung gesehen hätten, und auch sie selbst habe die Unglückliche mehrmals wahrgenommen.

Ich schüttelte den Kopf, riss mich los und stürmte bei der Türe hinaus.

Nein, nein, so etwas konnte es doch nicht geben. Nicht hier und nicht jetzt, absolut ausgeschlossen. Ich stand auf dem Gehsteig, verschränkte die Hände hinter dem Kopf und blickte... ich blickte nirgendwohin. Was war hier passiert? Ich konnte keine klaren Gedanken fassen, irrte ziellos durch die Altstadt, den Hofgarten und ging das Erlebte immer wieder durch. Was, wenn ich mich getäuscht hätte? Wenn ich sie irgendwo übersehen oder nicht genau geschaut hätte?

Es muss wohl eine ganze Weile gedauert haben, als ich mich wieder vor dem Eingang des Buchladens befand.

Die Dame an der Kassa nickte mir wieder freundlich zu und als ich die Stiege hinauf hastete, zwei Treppen auf einmal nehmend zu jenem Regal stürmte, an dem ich gestanden hatte, lag das Buch immer noch auf seinem Platz.

Ein Fausthieb, eine Ohrfeige, eine unglaubliche Attacke auf meine Vernunft! Ich ließ mich an einem der Tische nieder, die mitten im Obergeschoß standen. Andere Kunden, die ebenfalls saßen, warfen nur einen kurzen Blick auf mich und beschäftigten sich dann wieder mit ihrer Lektüre. Ich konnte es nicht glauben: Dort drüben lag ein Buch, in dem eine Tote geblättert hatte und ich war neben ihr gestanden. Nein, das war zu absurd, das durfte es einfach nicht geben. Mein Verstand kämpfte mit dem, was ihm meine Augen zugetragen hatten. Er sollte diesen Kampf verlieren.

Eine Hand legte sich auf meine Schulter und die nette Dame von vorhin stand neben mir. Sie setzte sich, schaute mich an und sagte:

„Ich weiß, dass es schwierig ist zu akzeptieren, was eigentlich nicht sein kann. Doch es gibt sie. Geister, Gespenster, verirrte Seelen aus der Finsternis, die niemals ihren Frieden finden können. Diese Frau gehört dazu. Aus dem Schattenreich kommend zeigt sie sich uns, die es nicht begreifen und fassen können..."

Mein Blick richtete sich wieder hinüber zu diesem Regal und mir lief es eiskalt den Rücken hinunter: Da stand sie wieder, jene Frau. Ungläubig starrte ich in diese dunklen Augen, sah wie sie das Buch mit dem blauen Glanzeinband aus der Hand legte und zur Treppe eilte.

Es ist nun über zehn Jahre her, dass mir diese Geschichte widerfahren ist. Ich habe seither keinen Fuß mehr in diesen Bücherladen gesetzt. Bitte fragen Sie mich nicht warum. Feigheit, Verdrängung? Ich weiß es nicht. Ich kann es nicht sagen. Muss ich diesen Tag verfluchen, verdammen, an dem dies alles passiert ist? Weil ich nicht imstande bin, einfach zu vergessen? Weil nicht sein kann, was nicht sein darf? Oder soll ich dankbar sein für eine Erfahrung, die mir selbst gezeigt hat, dass es Grenzen gibt, die überschritten werden können?"

Noch eine Stunde später, als Brigitte Braunschweiger schon längst das Lokal verlassen hat, sitzt Nelly Grünwaldner auf Ihrem Stuhl und lässt das ihr Erzählte immer und immer wieder in ihren Gedanken ablaufen. Dann steht sie auf, bezahlt die Rechnung und schlüpft in ihren warmen Mantel. Gewiss, sie hat in ihrem Leben schon so vielen zugehört. Spinnern, Irren, Wichtigmachern. Es gab nur wenige, deren Geschichten wirklich so glaubwürdig, so plausibel klangen, dass sie wirklich geneigt war ihnen Glauben zu schenken.

Brigitte Braunschweiger gehörte dazu. Es war nicht nur die Begebenheit, die sie schilderte, sondern einfach diese Eindringlichkeit und die Wahl, die Betonung der Worte, die sie verwendete. Zum ersten Mal hat Nelly Grünwaldner wirklich das Gefühl, dass vor ihr jemand gesessen hat, der tatsächlich einem Gespenst begegnet war.

Sie verlässt das Lokal und spaziert den Marktgraben entlang. Grünwaldner muss noch heute wieder zurück in die Schweiz. Sie wird das Licht der Aprilsonne nie mehr vergessen, das an jenem Nachmittag über Innsbruck schien. Den eisigen Hauch des Todes, den sie spürt, als sie an der Buchhandlung vorübergeht. Und die dunklen Augen, die sie vom Eingang her anstarren…

5

Mai

Bei Vollmond

„Hallo? ...ah, servus Joe... ja, alles roger, und bei dir? ...was sagst du? Sicher, sicher, ich hab' immer Zeit für meinen besten Kollegen ...wo? Aha, das klingt... das klingt echt interessant. Du, das ist eine extrem gute Idee.... und wie bist du da draufgekommen? Aus'm Internetz ...ja, ja, aha... okay... du, dann treffen wir uns am Samstag in der Bahnhofshalle... viertel nach acht... okay... okay, Joe, wird sicher voll cool... passt, okay... ja, ciao... dir auch... ciao!"

Sie treffen sich am Samstag um viertel nach acht in der Bahnhofshalle, der Tiefenthaler Joe und der Hochrainer Mike.

Der rote Platz ist nicht nur in Moskau, sondern auch in Innsbruck. Vorm Bahnhof. Innsbruck ist immens international. Der Joe marschiert die Rolltreppe hinunter und sieht schon den „Hochi" beim Fahrkartenautomaten stehen. Herzliche Begrüßung der beiden Bankangestellten, erfolgreicher Versuch die Tickets aus dem Blechkasten herauszubekommen. Sie müssen noch einkaufen.

Wenn schon in der City selber einmal nichts los ist – im Lebensmittelgeschäft unten in den Eingeweiden des Bahnhofes spielt sich's immer ab. An den Kassen ist extrem viel los und der Joe murmelt etwas von Tageslosung und eine Zeit lang nicht mehr arbeiten gehen. Landjäger gehören in den Rucksack, ein absolutes Muss für jede Bergwanderung. Eine Bergwanderung ohne Landjäger ist wie Wüste ohne Sand, wie Sodom ohne Gomorrha. Traubenzucker, Müsliriegel, Bananen, Elektrolytgetränke. Hin zur Kassa und bezahlen, raus, nur raus hier. Der Tiefenthaler Joe kauft noch schnell die Semmeln an der Brottheke und dann wird der Bahnsteig gesucht. Um drei viertel neun sitzen beide im Zug Richtung Garmisch.

„Joe, das ist eine super Geschichte. Eine zünftige Bergwanderung, wann hat's denn das das letzte Mal gegeben?"

„Du, keine Ahnung. Ist sicher schon lang' her. Irgendwo im Rofan waren wir da. Aber den Namen von dem Berg hab' ich total vergessen. Irgendein Horn wird's schon gewesen sein..."

„Und der Typ heute, also der Bergführer da, der hat im Internet... „

„Ja, da stand etwas von einer geführten Bergwanderung durchs Karwendel, mit anschließendem Hüttenabend und einem Überraschungs- gast. Na, da bin ich natürlich gleich neugierig geworden. Anruf, kurzer Termincheck und die Sache war gelaufen. Ja und jetzt? Jetzt sitzen wir im Zug... gewaltig, oder?"

„Zuuupersache! Und was ist das für ein Überraschungsgast?"

„Mit dem wollte er natürlich nicht herausrücken. Eine Überraschung ist ja nur so lange eine solche, sofern sie eine solche bleibt, hat er gemeint. Und damit liegt er ja völlig richtig, oder? Das ist, so denke ich, eine absolut logische Sache..."

Der Zug braust durch die Galerien und Tunnels hoch über dem Inntal, die Waggons voll mit Familien und rucksackbepackten Touristen. Bahnhof Hochzirl. Mike und Joe steigen aus, suchen ihren Führer. Sie finden ihn auf einer Bank sitzend, die Füße lässig übereinandergeschlagen. Hinter ihm fährt gerade ein Bus hinauf zum Krankenhaus. Dort ist die Oma vom Mike auch gewesen. Neunzig ist sie geworden. Schönes Alter, findet Mike.

„Aaah, die Herren Tiefenthaler und Hochrainer. Schönen Vormittag... ich hoffe, ihr seid's gerüstet. Ich bin der Niedermeyer Herbert, aber ihr könnt's ruhig Hörbie zu mir sagen!"

„Joe!"

„Mike!"

„Hörbie!"

48

Nach Beendigung eines kurzen und höflichen Begrüßungsintermezzos marschieren die drei los, Richtung Solsteinhaus. Es ist Ende Mai und schon ziemlich warm für die Jahreszeit. Sie gehen eine Zeit lang, ohne eine Menschenseele zu sehen. Die Klopapiergeschichte. Mike erzählt, dass sein alter Herr in seinem roten Kohla-Rucksack immer eine rosa Klorolle eingepackt hatte.

Für alle Fälle. Mit der Zeit ging die Form der Rolle jedoch etwas in den eierförmigen Zustand über, denn Wanderungen durch Latschenfelder und das Quetschen des Rucksacks in Gepäckablagefächer von Zügen können doch erheblichen Einfluss auf die Morphologie einer solchen Rolle nehmen. Wahrscheinlich, so vermutet Mike, ist sie immer noch im Rucksack, der irgendwo auf dem Dachboden einer Pradler Altbauwohnung vor sich hinmodert.

Durchs Isartal. Man isst Landjäger und Semmeln, dazu gibt es noch einen Schluck Schnaps vom Hörbi. Es ist später Nachmittag, als die Wandersmänner nach etlichen Kilometern oben am Hafelekar stehen. Joe hat links eine Blase, rechts von ihm geht es hinunter nach Innsbruck. Heute fliegen die Dohlen tief. Der Mike blickt sich um, Hörbi fährt der Bergwind durch seine ohnehin schon zerzausten Haare. Hörbi ist dreiundvierzig und schon eine ganze Weile Bergführer. Patagonien, Piz Buin, Patscherkofel. Kein Berg, keine Gegend ist vor ihm sicher, erklärt er. Hörbi ist ein viel gereister und lebenserfahrener Mann. Irgendwelche dubiosen Geschäfte auf Ibiza mit Ferienwohnungen sind zwar eine Zeit gut, dann aber eher schlecht gegangen. Besser lebendig und in Innsbruck, als tot und auf einer Mittelmeerinsel, sagt Hörbi.

Denn als da eine Sache mit ihm und der Frau seines Geschäftsfreundes lief, bekam der Niedermeyer Herbert ziemlichen Ärger mit den Kumpels seines Kollegen. So ging es über die Schweiz, England und schließlich Rumänien ab in die alte Heimat.

Joe beobachtet den Bergführer von der Seite. Als Bergführer musst du nicht unbedingt gut ausschauen, damit dir die Mädels nachlaufen. Aber der Herbert ist ein fescher Kampel, ohne Zweifel hat der Erfolg bei den Frauen. Eine Sache allerdings kommt dem Joe doch etwas seltsam vor. Eigentlich ist es ihm schon in Hochzirl aufgefallen, aber jetzt in der Abendsonne sieht er es noch deutlicher: Die Mittelfinger seiner schmalen, groben Hände sind auffallend lang, wirklich außer der Norm. Er zündet sich eine Zigarette an und denkt über diesen seltsamen Umstand nach. Irgendwo, er weiß es bloß nicht mehr genau, hat er mal etwas darüber gelesen. Vergessen. Egal, die Blase am Fuß bereitet ihm momentan mehr Probleme.

„So, Jungs! Jetzt geht's noch eine knappe Stunde durchs Gehölz und dann sind wir da. Seid's bereit?"

Der Abstieg ist eine Wohltat für den Tiefenthaler Joe, denn so spürt er die Blase ein bisschen weniger. Während der Hörbi einige Meter vor ihnen hermarschiert, diskutieren die Banker über den möglichen Überraschungs- gast. Aber der Herbert lässt sich nichts, absolut nichts entlocken. Er führt sie weiter und weiter hinab in den dunklen Wald hoch über Innsbruck, zweigt vom breitgetretenen Weg ab. Der schmale Pfad, den er wählt, bereitet Joe und Mike Mühe, ihm zu folgen. Der finstere Forst wird immer finsterer. Plötzlich taucht auf einer kleinen Lichtung eine kleine Almhütte auf. Sie hebt sich dunkel gegen den Abendhimmel ab. Vollmond. Herbert sperrt die Türe auf, es riecht nach Keller, Holz und Moder. Elektrisches Licht gibt es keines. Dicke, weiße Wachskerzen werden angezündet und auf alte Porzellanteller gestellt. Man müsse aufpassen wegen dem Feuer, meint Herbert. Er packt seinen Rucksack aus. Schnaps, Brot und in helles Papier eingewickelt, ein großes Stück Schinkenspeck. Dann holt er aus einem alten Zirbenschrank zwei Flaschen Südtiroler Roten und Watterkarten. Er legt die Doppeldeutschen gemischt auf den Tisch und daneben ein großes Messer und drei Gabeln.

„Edelstahl. Weil Silber kann ich in meiner Hütte genauso wenig gebrau- chen wie Feuer!"

Sie spielen, trinken, essen, richten Leute aus und Mike äußert die

Befürchtung, dass vor der Hütte bald die blauen Markierungen für die Kurzparkzonen auftauchen könnten. Man müsse vorsichtig sein, dürfe den Pendlern nicht über den Weg trauen.

„Die parken ihr Auto, wenn's sein muss, noch auf die Seegrube und fahren dann mit der neuen Bahn hinunter ins Zentrum. So weit kommt's noch. Pass dir auf, Herbert, und lass' es dir gesagt sein: Den Pendlern ist nicht zu trauen!"

Der Herbert setzt ein breites, süffisantes Grinsen auf und spielt lässig den Schell-Zehner aus. Den Rechten. Es ist kurz vor Mitternacht, als er sich bei Mike und Joe entschuldigt. Er müsse jetzt für den Überraschungsgast sorgen. Nur ein bisschen Geduld müssten sie haben.

„Du spannst uns ganz nett auf die Folter! Geh, gib' uns doch einen Hinweis..."

Nichts zu machen. Herbert lächelt noch verschwörerisch und verschwindet durch eine Seitentür. Zwar hat der Joe vom Rotwein einen ziemlich schweren Kopf, aber die Sache mit dem Mittelfinger hat er nicht vergessen. Und jetzt erzählt er sie dem Mike.

„Stimmt. Ist mir auch schon aufgefallen. So was hab' ich noch nie gesehen. Hast du für das eine Erklärung? Ich mein', das ist doch wirklich ungewöhnlich..."

„Und ich sag' dir, was noch ungewöhnlich ist. Der hat den ganzen Abend nur Speck gegessen, den rohen Speck und kein Brot dazu. Also, ich bin ja kein großer Brotfan, aber ein oder zwei Scheiben von einem schwarzen Wecken, das ist schon was Feines. Und keinen Tropfen Wein trinkt der. Keinen einzigen. Ein seltsamer Kauz..."

„Na ja, der hat eben etwas andere Ess- und Trinkgewohnheiten. Wenn du besoffen bist, machst auch die seltsamsten Geschichten. Aber das mit dem Mittelfinger beschäftigt mich schon auch, muss ich dir sagen..."

51

Hinter der Türe, hinter der der Herbert Niedermeyer vorhin verschwunden ist, sind Geräusche zu hören. Ein leises, lang gezogenes Stöhnen, dann ein Kratzen. Ein kurzer Moment Stille, dann wieder das Stöhnen... und das Kratzen. Joe steht auf. Langsam geht er zur Tür und horcht. Jetzt hört er einen kehligen Laut, ein Knurren. Mike leert sein Glas und blickt fragend zu Joe hinüber.

„He, Herbert. Geht's dir gut? Was is' denn da drinnen los? Hast einen Hund eingesperrt oder was? Herbert! Höööööörbiiie!"

„Geh', schau nach, was der da drinnen macht, Joe. Das klingt ja komisch..."

Vom Rebensaft mit Mut und Forschergeist ausgestattet, der Wein hat ohnedies schon länger das Mundwerk gelockert, rüttelt Josef Tiefenthaler an der Klinke.

„Nichts. Diese verdammte Tür rührt sich keinen Millimeter. Herbert! He, Freund der Blasmusik! Was machst du denn da drinnen? Komm' heraus oder ich steh' drinnen bei dir..."

Das Knurren hat aufgehört. Joe hält sein Ohr an die Tür. Dann versucht er, durchs Schlüsselloch irgendetwas zu sehen. Mike sitzt immer noch auf der Bank und hält sich an seinem Weinglas fest, nimmt noch schnell einen Schluck.

Peng! Die Tür knallt mit voller Wucht dem Joe ins Gesicht und wirft ihn zwei, drei Meter in den Raum zurück. Sein gebrochenes Nasenbein bekommt er gar nicht mit, so überrascht ist er von dem Ganzen. Halb bei Sinnen liegt er auf dem Boden und sieht etwas, das sich aus dem Nebenzimmer auf ihn zubewegt.

Mike schreit. Brüllt. Und es ist das letzte, was der Tiefenthaler Joe noch so ein wenig mitbekommt. Ein riesenhaftes, graues Tier, der Werwolf stürzt sich auf ihn, gegen den der Bankbedienstete nicht den Hauch einer

Chance hat. Mike schreit immer noch, doch er tut das, was ihm seine Beine befehlen. Wegrennen, ab, schnell, raus... Und während die geifernde Bestie seinen Kollegen förmlich in Stücke reißt, läuft Michael Hochrainer. Er läuft um sein Leben. Er sieht nicht viel, stürzt über die Wurzeln, hört die verzweifelten Rufe seines Freundes. Aber zurück kann er nicht mehr. Es ist zu spät.

In der Hütte erhebt sich der Werwolf und blickt zur offenen Tür. Erkennt die Flucht des anderen. Er muss ihn einholen. Wird ihn einholen. Joe Tiefenthaler ist ziemlich tot. Aber das Tier kennt jetzt keine Namen mehr. Es ist nur mehr die Beute, die es treibt. Draußen leuchtet der Vollmond in der Nacht. Es nimmt die Fährte auf.

Irgendwie hat Mike die Forststraße erreicht. Aber was soll er tun? Nur laufen, laufen. Wieder fällt er. Die Blase am linken Fuß schmerzt extrem, trotz des Alkohols spürt er sie. Er rappelt sich auf, sieht weit unten für einen kurzen Moment die Lichter der Stadt. Joe! Scheiße, Joe, warum? Warum?

Er wird nicht weit kommen. Der Geruch wird stärker und stärker. Vorn ist das helle Band der Straße.

Mike gerät ins Taumeln, er wankt irgendwie am Rand des Forstweges entlang. Ein Stein, ein Sturz. Hinunter über eine steile Böschung, sein Körper prallt an einem Baumstamm auf. Seine Flucht ist zu Ende. Er hat schreckliche Schmerzen.

Das Tier blickt hinunter zu seiner Beute. Mike versucht noch einmal zu schreien. Dann spürt er einen Hieb, dann noch einen. Und den Biss...

Heulend richtet sich der Werwolf auf. Die Silberkette seines Opfers hängt in seinem mächtigen Gebiss. Dieses verdammte Silber.

Wochen später schlendert der Gefängniswärter Werner Franzelin auf die letzte Zelle im Gang zu. Wieder leuchtet der Vollmond unheilvoll. Ein seltsamer Kerl, dieser Herbert Niedermeyer. Völlig klar, dass er die beiden umgebracht hat. Aber er hat nichts dazu gesagt, kein Wort. Nur irgendetwas von Blut, dem Mond und dem Zwang hat er gefaselt. Ein Vollidiot. So ein Trottel. Ein Lykantroph, hat der Psychologe gemeint. Aber egal, er wird für lange, lange Zeit sitzen. Vielleicht sogar in einer Zwangsanstalt für geistig abnorme Rechtsbrecher. Da gehört so einer hin. Franzelin hört Geräusche aus der Zelle. Was ist denn jetzt schon wieder los? Muss doch immer bei seinem Kontrollgang ein Scheiß passieren…

„Hallo? Herr Niedermeyer? Herr Niedermeyer! Hal…"

6

Juni

Albtraum

„Schade. Jammerschade. Den Stadtturm so einzukasteln. Da kommst du dir ja vor wie im Zoo. Aber irgendwie kann ich's ja auch verstehen. Ist ja auch kein besonders schöner Anblick, wenn wieder einmal jemand runterspringt und auf die Pflastersteine knallt...“

Tom nimmt noch einen Schluck Hefeweizen, dann schaut er in die Runde. Lauter Sportartikelverkäufer, die normalerweise Ski und Laufschuhe an den Mann bringen, defekte Schwimmbrillen austauschen, Bindungen einstellen, sich am Samstag Nachmittag anhorchen müssen, warum schon um fünf zugesperrt werden muss... Heute aber, und Recht haben sie alle miteinander, heute lassen sie es sich gut gehen. Sie sitzen in einem Café in der Altstadt, genießen den warmen Juniabend, während sich Einheimische und Touristen gleichermaßen an ihnen vorbeischlängeln.

„Also ich kann das eigentlich... eigentlich nicht ganz nachvollziehen“ erwidert Andi, der alte Bergfex, Leiter der Bergsportabteilung und passionierter Free-Climber. Er knallt seinen Schlüsselbund, den ein grüner Karabinerhaken ziert, auf den Tisch und zupft daran herum, während er zur Geli sagt:

„Schau' mal! Wohin soll das führen? Da können wir ja gleich anfangen, alle öffentlich zugänglichen Gebäude, die höher sind als fünf Meter, zuzusperren oder einzuzäunen. Aber das ist offensichtlich der Sicherheitswahn der Menschheit. Alles unter Kontrolle zu haben, ja kein Risiko einzugehen...

Was ist, wenn ich hier sitze und zwei Stockwerke über mir fällt einem die volle Gieskanne aus der Hand? Sie dreht und dreht sich und bohrt ihr spitzes Ende genau in mein Auge, bis zum Ansatz!“

Die Mädels in der Runde kreischen entsetzt, schallendes Gelächter mischt sich mit ungläubigem Kopfschütteln und man sieht richtiggehend, wie sich der eine oder der andere die Szenerie mit der Gieskanne vom Anfang bis zum Ende in Gedanken durchspielt.

„Da fällt mir ein, ich hab' mal einen gekannt, der…"

Und schon ist am Fuße des Goldenen Dachls die schönste Diskussion im Gange, auf welch seltsame Arten man denn eigentlich sein Leben verlieren kann. Während sich die Damen zusammensetzen und aus dem ganzen Geschehen ausklinken, gibt's bei den Herren der Schöpfung die abenteuerlichsten Erzählungen und das Blut spritzt, dass es nur so eine Freude ist. Fast eine Stunde lang wird in der Altstadt auf grausamste Weise das Leben gelassen, und dann, bevor die Rechnungen bezahlt und alle Gläser nun denn endgültig geleert werden, meldet sich noch einmal der Gert zu Wort. Gert, das ist ein Sachse, irgendwo aus der Nähe von Dresden. Er ist der Beitrag des vereinten Europas und verkauft im tiefsten ostdeutschen Dialekt Sportschuhe und dazugehöriges Zubehör. Einlagesohlen, Pflegemittel, Schuhbänder und was weiß der Teufel sonst noch. Und Gert, das wissen alle, das ist ein begnadeter Erzähler. Und als er seine Stimme erhebt, hören sogar die Mädels wieder zu.

„Ein Kollege von mir war aus Kamenz, das liegt nordöstlich von Dresden. In dieser Gegend hat übrigens der Hexenmeister Krabat sein Unwesen getrieben. Ja, und dieser Kumpel hat mal einen Arbeiter bei der Deutschen Bahn gekannt. Ein ziemlicher Saufbruder, aber seinen Dienst, Junge, den hat er immer fein gemacht, da gab's nix. Jetzt ist der nach seiner Arbeit immer zu Fuß nach Hause gegangen. Weit hat er's ja nicht gehabt, s'waren so zwei, drei Kilometer. Und kurz vor seinem Dorf hat er die Geleise zu überschreiten. Jeden Abend. Das haben natürlich seine Vorgesetzten auch mitgekriegt und immer und immer wieder gesagt: "Günter, sei mir bloß vorsichtig. Einmal passt du nicht genug auf und kommst uns unter den Zug…". Aber das wäre ja so gewesen wie wenn du einem Polizisten sagst, dass eine Knarre gefährlich ist oder dem Metzger, dass er sich mit dem Fleischermesser…, na ja, ihr wisst schon, was ich meine.

So, jetzt ist der Günter wieder mal heimgegangen und hat natürlich nach

Feierabend ein bisschen zu tief in die Flasche geschaut. Aber seine Füße haben den Weg schon von alleine gefunden, da braucht Ihr Euch keine Sorgen zu machen. Na, er geht also seinen Weg und kommt zu der Stelle, an der er die Geleise überquert. Es ist schon etwas düster und die Schienen liegen dunkel vor ihm, etwas getrübt sieht er die Stränge zwar schon, aber langsam tastet er sich über die Geleise, hält manchmal kurz inne, um nicht das Gleichgewicht zu verlieren.

Ja, und bei einem dieser Zwischenstopps schaltet auf einmal die Weiche um. Dummerweise jene Weiche, in der er sich mit einem Fuß befindet. Zuerst findet's der Günter natürlich etwas komisch, so benebelt wie er ist.

Dann aber ist ihm die Sache langsam nicht mehr ganz geheuer, denn er kommt weder vor noch zurück. Sein linker Fuß ist eingeklemmt und er hat nicht die geringste Möglichkeit, sich auch nur ansatzweise aus dieser misslichen Lage zu befreien."

Gert hält kurz inne, trinkt noch genüsslich von seinem Bier und sieht seine Kollegen mit einem ernsten Blick an.

„Und dann, dann sieht er auf einmal zwei Lichter in der Ferne. Weit weg sind sie, aber sie kommen beharrlich immer näher und näher. Günter reißt, zieht, zerrt an seinem Bein, aber er hängt fest. Hier kommt er nicht weg, keine Chance. Es ist ein Schnellzug. Die Lichter werden größer und größer. Ach du liebe Scheiße, das geht nicht gut, werdet ihr euch jetzt alle denken. Günter versucht, auf sich aufmerksam zu machen, doch hier ist es zappenduster und noch erfassen ihn die Lichtkegel des Zuges nicht. Als der Lokführer sieht, was los ist, zieht er voll die Bremse. Aber ihr könnt mir glauben, so schnell bleibt ein Zug nicht stehen. Günter bleibt nur mehr eines: Er muss versuchen, seinen Körper so weit wie möglich vom Gleis wegzustrecken, sonst erfasst ihn die Lok und zermalmt ihn. Nur noch wenige Augenblicke und der Zug erreicht den Unglückseligen...

Nach dieser Geschichte hatte der Günter nur mehr ein Bein und irgend– wann soff er sich zu Tode. Tja, Leute, und was lernt Ihr daraus? Benutzt immer einen Bahnübergang…"

„So ein Topfen, so besoffen kannst du ja gar nicht sein, dass du aus dieser Weiche nicht mehr herauskommst. Da hat der gute Gert wieder einmal tief in die Märchenkiste gegriffen", sagt der Andi grinsend zur Geli, als die beiden etwas später nach Hause marschieren. Das Ganze möge vielleicht jemand anderer glauben, aber ihm, nein, ihm könnte man keinen Bären aufbinden.

„Hast Recht, Andi. Das ist ein echter Holler, was der Gerti da zum Besten gegeben hat. Ich mein', die Geschichte selber ist ja echt total schräg, aber passiert ist das Ganze mit Sicherheit nicht. Ich hab' schon mal von dieser Begebenheit gehört, das ist eine jener modernen Schauergeschichten, die anscheinend wirklich passiert sind. Wie die mit der Ratte, von der der Besitzer gemeint hat, es wäre ein Hund…"

Vor sich hinphilosophierend erreichen Andi und Geli den Beselepark. Durch die Bäume schimmert hell die Straßenbeleuchtung des Südrings und als die beiden dort ankommen, trennen sich ihre Wege.

„Also dann, Andi! Wir sehen uns. Ich bin froh, wenn ich ins Bett komme. Und du? Gehst Du auch in die Horizontale?"

„Na, mal schauen, was der Abend noch so hergibt. Ciao, Geli!"

„Ciao, Andi! Mach's gut!"

Mit diesen Worten verabschiedet sich Angelika und geht nach Hause. Andi schaut ihr eine Zeit lang nach, dann zieht er noch einen Jägermeister aus seiner Hosentasche und leert die Flasche bis auf den letzten Tropfen. Er überlegt kurz, dann beginnt er zu grinsen. Andi überquert rasch die Straße und spaziert zum Westbahnhof. Es ist kurz nach Mitternacht und die Station liegt völlig ruhig und einsam vor ihm. Kurze Zeit später steht der Sportverkäufer vor den Bahngeleisen.

Wie ein dunkelbraunes Netz breiten sie sich vor ihm aus, laufen zusammen, gehen auseinander, ziehen sich durch die Nacht wie lange, dicke Adern. Schräg steigt er über die Schienen Richtung Basilika, hält immer wieder inne und schaut sich um. Der Alkohol zeigt seine wohltuende Wirkung, warm durchströmt es den Körper des Verkäufers, er saugt die Bahnhofsluft ein, die so typisch ist, die fast überall gleich riecht. Nur weiter unten im Süden, in Italien, ist sie noch intensiver. Da sind alle Düfte stärker. Und selbst, wenn du das Meer nicht siehst, glaubst du immer, es zumindest ein bisschen zu riechen. Vielleicht ist es aber auch nur Einbildung und alles verklärt sich ein wenig im Land, wo die Zitronen blühen.

Die Weiche umschließt Andis Fuß wie ein eiserner Schraubstock. Ungläubig starrt er hinunter auf seinen Trekkingschuh. Das gibt's doch gar nicht! Er zieht die Augenbrauen hoch, blickt umher. Keine Menschenseele zu sehen. Das Metall hält ihn immer noch fest. Mit einem verwunderten Lächeln greift er zum Handy, tippt auf der Tastatur herum. Sekunden vergehen.

„Andi?"

„Hallo Geli! Du, du... wirst mir nicht glauben, was passiert ist!"

„Wieso? Wo bist du denn? Was ist los?"

„Ha..., ich stecke am Westbahnhof in einer Weiche fest. Ich komm' echt nicht mehr vom Fleck!"

„Hör' auf, Andi, das ist nicht lustig. Lass' mich in Ruh', ich bin müde und will ins Bett..."

„Es stimmt aber. Sch..., verdammt komisches Gefühl, so allein am Bahnhof. Geli? Geli?"

Andi hört nur den Besetztton. Geli hat ihn doch tatsächlich weggedrückt.

Langsam schmerzt ihn sein Fuß. Er steckt sein Handy ein und versucht, sich irgendwie zu bewegen. Keine Chance. Er packt sein Bein unterhalb der starken Wadenmuskulatur, bückt sich weiter hinunter. Er versucht, seinen Schuh aufzuschnüren, aber das braune Metall drückt alles unnachgiebig zusammen. Andi fängt ziemlich zu schwitzen an, versucht wieder und wieder freizukommen. Wie eine Comicfigur rudert er mit seinen Armen, zieht und zerrt an seinem Fuß herum. Nach einigen Minuten gibt er auf. Und langsam wird ihm der Ernst seiner Lage bewusst. Das hier ist wirklich kein Spaß mehr.

„Du schon wieder!"

„Geli, das ist kein Witz. Ich stecke echt fest. Verdammt noch mal, wenn du's mir nicht glaubst, dann komm' doch selber her zum Westbahnhof. Ich..."

Von Westen her nähern sich Lichter. Ziemlich schnell. Kalt pfeift der Wind über die Geleise.

„Geli! Geli! Shit, da kommt ein Zug!"

„Gib' dir keine Mühe. Glaubst du echt, ich falle auf deine Geschichte herein? Heute hast du doch selber gesagt..."

„Verdammt noch mal, hilf mir! Hilf mir!"

Geli steht in ihrem Wohnzimmer. Geschmackvoll eingerichtet ist es, mit einer schönen, hellen Holzdecke. Fein, wenn der Papa Tischler ist. Sie hört über das Telefon ein Quietschen, das immer lauter und lauter wird. Und ein Schreien. Ein furchtbares Schreien...

Das Handy läutet. Geli schreckt hoch, schaut auf die roten Ziffern der Stereoanlage. Es ist drei viertel eins. Sie muss wohl auf dem Wohnzimmersofa eingeschlafen sein. Dieser Traum. Dieser schreckliche Albtraum. Ihr Herz rast, sie ist völlig durcheinander, verwirrt. Wieder klingelt das Handy. Und als sie auf das Display sieht, packt sie das Grauen. Andi! Mein Gott, hat sie das wirklich alles nur geträumt?

„Andi? Andi! Wo..., wo bist du?"

„Natürlich schon zuhause. Entschuldigung, aber ich wollte gerade noch den Gert anrufen, wegen der Geschichte, die er erzählt hat. Mir ist da nämlich noch etwas eingefallen. Und da muss ich versehentlich deine Nummer gewählt haben. Geli, Gert... kommt auf der Liste ja gleich hintereinander. Sorry, tut mir echt leid..."

Geli atmet auf. Langsam beginnt sie sich wieder zu sammeln, klare Gedanken zu fassen. Sie erzählt Andi von diesem entsetzlichen Albtraum, den sie gehabt hat. Von seinem Tod auf den Schienen. Doch sie bekommt nur ein Lachen zur Antwort.

„Da hat dich Gert doch ganz schön beeindruckt mit dieser Erzählung, was? Jetzt beruhige dich und geh' ins Bett. Und wenn du nicht mehr einschlafen kannst, dann mach' dir einen Tee oder nimm' ein heißes Bad. Wirst sehen, das hilft. Ehrlich. Ach ja, übrigens: Die meisten Unfälle passieren nicht auf irgendwelchen Bahnhöfen, sondern in Küche und Bad. Also, bis morgen!"

Natürlich kann Geli jetzt nicht mehr schlafen. Sie ist hellwach, der Traum hat sie völlig aufgewühlt. Sie beschließt, Andis Rat zu folgen und trotz später Stunde ein Bad zu nehmen. Sie zündet zwei Kerzen an, um kurze Zeit später entspannt den Duft des Badeschaums zu inhalieren. Geli verliert dabei jegliches Zeitgefühl. Wie spät es jetzt wohl ist? Im Halbdunkel tastet sie nach dem Handtuch, das auf der Waschmaschine neben der Badewanne liegt. Sie tastet, greift und hört nur mehr, wie etwas ins Wasser fällt. Vielleicht hätte sie den Fön doch aus der Steckdose ziehen sollen.

7

Juli

Labyrinth des Schreckens

Manche Dinge kommen einfach immer wieder. Telefonrechnungen, der erste Schnee oder ein Bumerang. Wenn man ihn richtig wirft. Auch im Innsbrucker Veranstaltungskalender gibt es mittlerweile echte Klassiker wie das Bergisel-Springen, die Herbst- und Frühjahrsmesse und den Vergnügungspark. Obwohl er sich von der Größe recht bescheiden ausnimmt, ist er doch ein wahrer Event-Dinosaurier und schlägt seine Zelte gewohnheitsgemäß neben dem Eisstadion auf.

Barbara Brennbichler versteht es bis heute nicht, was ihrem Mann, dem Franz, am Vergnügungspark so gefällt. Aber sie akzeptiert es mit einem Lächeln, wenn er sich einmal im Jahr aufmacht, um, wie er sagt, „Traditionen" zu pflegen. Sein Vater, der Josef, sei auch immer mit ihm hingegangen. Das ist schon lange, lange her und Franz ist inzwischen an die vierzig. Er kickt unermüdlich in einem Innsbrucker Fußballverein und freut sich jedes Jahr auf den Juli. Trainingspause, Urlaub am Gardasee. Bozen, Rovereto und schon biet du am Lago di Garda. Mountainbiken, bummeln, Pizza essen mit seiner Frau. Und dann, daheim, der Besuch des Vergnügungsparks. Er geht immer alleine hin, der Franz, denn die Barbara kann den ganzen Rummel dort nicht wirklich leiden.

Überhaupt, vieles hat sich verändert dort. Die Go-Karts und der Krake sind längst schon verschwunden, das berühmt-berüchtigte Piratenschiff segelt auf anderen Meeren und Ozeanen. Der Wandel der Zeit geht an niemandem spurlos vorüber, auch nicht an schimmernden Lichtern und rosaroter Zuckerwatte.

Die Brennbichlers wohnen in der Reichenauer Straße, unweit von der Paulus-Kirche. Der Franz macht sich immer zu Fuß auf den Weg, weiter nach Pradl, bis zum Städtischen Hallenbad. Von dort ist es nicht mehr weit bis zum Vergnügungspark.

Es ist ein heißer, wolkenloser Juliabend und als Franz Richtung Westen blickt, hebt sich der Hechenberg vom hellblauen, glasklaren Himmel ab, in den sich stechendes Rot mischt. Seit Wochen glüht sommerliche Hitze über der Landeshauptstadt und brennt sich in die Haut der Innsbrucker.

Das Personal in den Eisdielen rotiert mindestens genauso wie die Drehkreuze der Schwimmbäder. Griller, Tischventilatoren und Krankenwägen stehen im Dauereinsatz. Wer kann, hat sich in die städtischen Badeanstalten geflüchtet. Vom käsigen Weiß über krebsiges Rot bis hin zum schokoladigen Braun sind dort alle Farbschattierungen vertreten.

Brennbichler kann den Lärm bereits hören, der vom Vergnügungspark zu ihm dringt. Die bekannten Stimmen, die die nächste Runde einläuten. Er taucht ein in diese bunte, leuchtende Welt. Schießt mit dem Luftdruckgewehr eine Rose für seine Frau. Lachende Kinder mit ihren Eltern, ein drehendes Karussel, das Knattern und Rattern der Geisterbahn. Und immer wieder:

„Zusteigen, einsteigen. Kommen Sie, es macht Spaß…"

Es dauert nicht sehr lange, da hat Franz Brennbichler eine neue Attraktion ausgemacht. Und er ärgert sich, denn ausgerechnet heute ist der letzte Tag im Vergnügungspark. In Peschiera war's halt so schön, dass die Brennbichlers eben etwas länger am „Meer der Tiroler" geblieben sind, aber den letzten Tag am Rummel, den hat er sich nicht wirklich entgehen lassen können. So nähert er sich langsam dem „Labyrinth des Schreckens", einer Art Irrgarten, wie er aus einiger Entfernung bereits feststellen kann.

Scharfkantige, grauschwarze Kunststofffelsen ragen in den Innsbrucker Nachthimmel, dunkle, furchteinflößende Gestalten gruppieren sich um den Eingang herum, während eine kehlige Stimme monoton fremdländisch klingende Beschwörungen zu sprechen scheint. Über dem Dach flattern Fledermäuse ins helle Mondlicht. Irgendwie passt dieses Labyrinth ganz und gar nicht zu dem bunten Treiben, wirkt wie ein bedrohlicher Fremdkörper inmitten von Trubel, Lärm und Musik.

Der Wächter des Irrgartens ist ein dicker, großer Mann mit unzähligen Tätowierungen auf den nackten Armen. Ein Spitzbart ziert sein Kinn, sein Kopf ist völlig kahl. Neugierig blickt er Brennbichler mit seinen dunkelgrünen, durchdringenden Augen an.

„Einmal in das Labyrinth des Schreckens?"

Ein sanftes Lächeln huscht über die Lippen des Riesen hinter der Kasse, und er nimmt den Schein, den Brennbichler ihm entgegenstreckt.

„Wie lange es wohl dauert, bis ich hier wieder herausfinde?"

meint der Innsbrucker beiläufig.

„Das ganze Leben ist eine Suche. Und selbst, wenn man meint, fündig geworden zu sein, ist es möglich, dass einem etwas fehlt, mit dem man nicht gerechnet hätte, mein lieber Freund."

Franz Brennbichler schüttelt im Vorbeigehen grinsend den Kopf, um Sekunden später im Dunkel der Grotte zu verschwinden.

Grün und rot leuchtende Adern zieren die Wände, die Franz passiert. Eine eigenartige Schwüle liegt in der Luft, aus großen, schwarzen Boxen dringen seltsame Stimmen, die Brennbichler nicht versteht. Sie klingen wie Beschwörungsformeln, wie düstere Zaubersprüche. Langsam vorwärts tasten. Bis auf diese Leuchtadern ist es stockdunkel in diesem Höhlengang und zu Brennbichlers Erstaunen gibt es keinerlei Abzweigungen wie in einem richtigen Labyrinth. Was jedoch angesichts der fast völligen Dunkelheit wenig Spaß machen würde, denn so ganz alleine hier, wird dem Reichenauer doch schön langsam etwas mulmig.

Wie lange ist er schon hier drinnen? Keine Ahnung. Es kommt ihm wie eine Ewigkeit vor. Ein seltsames Gefühl beschleicht ihn, eine merkwürdige Unruhe. Er beginnt, sich schneller vorwärts zu tasten. Die Stimmen scheinen von überall her zu kommen. Aus allen Richtungen. Franz

Brennbichler ist absolut kein furchtsamer Mensch, aber in diesen engen, dunklen Gängen beschleicht ihn doch ein Gefühl der Angst, der Beklemmung. Diese grässliche Schwärze, die alles verschluckt, aus der es keinen Ausweg zu geben scheint. Plötzlich hebt sich, ein, zwei Meter vor ihm, eine große, hagere Gestalt von der Finsternis ab und bewegt sich auf ihn zu. Erleichterung überkommt Brennbichler.

„Na, Gott sei Dank bin ich nicht der Einzige, der hier nach dem Ausgang sucht. Wie lange sind sie schon im Labyrinth?"

Barbara Brennbichler macht sich ernsthaft Sorgen. In frühen Jahren ist der Franz wohl das eine oder andere Mal mit den Fußballern um die Häuser gezogen und erst spät nach Hause gekommen. Aber die Zeiten sind eigentlich vorbei. Jetzt jedoch ist es halb zwei Uhr früh, und er ist immer noch nicht heim gekommen.

Sie sitzt im Wohnzimmer am Fenster und blickt hinunter auf die leere Reichenauer Straße. Nur hin und wieder durchbrechen Nachtschwärmer auf den Gehwegen die Stille der Nacht.

Ob etwas passiert ist? Aber eigentlich kann der Franz auf sich selber gut aufpassen. Auch dieses Mal?

Irgendwann übermannt Barbara der Schlaf. Um acht fährt sie hoch, erschrocken, völlig neben der Spur. Sie braucht etwas Zeit, aber dann, als sie sich wieder etwas beruhigt hat, stellt sie fest, dass sie immer noch alleine ist.

Nachdem sie erfolglos den gesamten Freundeskreis ihres Mannes abtelefoniert hat, steht sie Minuten später auf der Polizeiwache. Verzweifelt muss sie sich von den Beamten sagen lassen, dass man momentan noch gar nichts tun könne. Erst nach vierundzwanzig Stunden wäre eine Vermisstenanzeige möglich, aber natürlich würde man die Augen offen halten. Man notiert ihre Handy-Nummer, versucht, sie ein wenig zu beruhigen und schickt sie wieder nach Hause. Er würde bestimmt auftauchen.

Franz Brennbichler taucht nicht auf. Weder am Nachmittag, noch am Abend. Halb wahnsinnig vor Angst und Ungewissheit fährt Barbara mit dem Auto quer durch die Stadt, sucht überall. Auf dem Vergnügungspark werden sämtliche Attraktionen abgebaut. Sie fragt sich durch, doch niemand kann sich angesichts des gestrigen Besucherandrangs an einen einzelnen Mann erinnern.

Bis kurz vor ein Uhr früh ist sie unterwegs, doch ihre Suche bringt kein Ergebnis. Die Vermisstenanzeige hat sie gemacht. Vielleicht findet die Polizei irgendeinen Hinweis. Bloß irgendeinen.

Es ist früher Morgen, als zwei Beamte bei Barbara Brennbichler klingeln. Sie reißt die Türe auf, blickt die Polizisten hoffnungsvoll an.

„Sind Sie Frau Barbara Brennbichler?"

„Ja!"

Sie versucht, zu schlucken, doch ihr Hals ist so trocken, dass es ihr nicht gelingt. Ihr Herz beginnt zu rasen. Was ist los?

„Wir haben ihren Mann gefunden. Er befindet sich momentan im Krankenhaus. Es geht ihm den Umständen entsprechend..."

„Was, um Gottes Willen...?"

„Frau Brennbichler, bitte beruhigen Sie sich!"

Ein Beamter geht langsam auf sie zu und fasst sie beim Arm. Zuerst blickt er auf seinen Kollegen, dann auf die völlig aufgelöste Frau.

„Wir haben Grund zur Annahme, dass ihr Mann Opfer von Organhändlern geworden ist."

„W..., wie bitte?"

„Wir haben Franz Brennbichler heute in einem Feld bei der Autobahnausfahrt Ost gefunden. Es..., es tut mir leid, ihnen sagen zu müssen, dass..."

„Was ist passiert?"

schreit Barbara Brennbichler außer sich, verzweifelt die Hand des Polizisten umklammernd.

„Ihrem Mann wurde fachmännisch eine Niere entfernt!"

8

August

Rache aus dem Jenseits

„...und so würde es mich sehr freuen, Sie bei meiner Präsentation „Sponsoring – Gelegenheit oder Geißel?" begrüßen zu dürfen. Hinweis: Interessierten wird am Ende des Vortrages noch das Geheimnis verraten, wie man von unliebsamen Bittstellern nie mehr belästigt wird. Die Veranstaltung findet am Freitag, den dreizehnten August um..."

Beim Lesen dieses Briefes ziehen sich die Mundwinkel von Pepi Werlsteiner, einem Innsbrucker Großunternehmer aus Arzl, gequält nach oben. Mein Gott, wie das doch angenehm wäre, einmal sein Mailprogramm öffnen zu können, ohne gleich einem Bombardement von Sponsoringanfragen ausgesetzt zu sein. Über vierzig Jahre ist er nun schon im Geschäft, aber es wird immer schlimmer. Es wird wirklich immer schlimmer. Täglich sieht er sich mit unzähligen Bitten und Wünschen konfrontiert, muss am Telefon abwimmeln und den Briefkasten von Bettelbriefen und schriftlichen Anfragen leeren. Und im Endeffekt wollen alle ständig das Gleiche: Sein hart verdientes Geld. Maturabälle, Sportveranstaltungen, Ausstellungen, Messen, Film- und vor allem Literaturprojekte. Keine Gelegenheit, die ausgelassen wird, um nicht irgendwie an den Euro zu kommen.

Für Pepi Werlsteiner gibt es aber einen eisernen Grundsatz: Wo und wie er Werbung macht, das sucht er sich noch immer ganz alleine aus. Da braucht er nicht irgendwelche klugen Anregungen von außen. Das wäre ja noch schöner. Und die Zeit, diese unseligen Anfragen zu beantworten, nimmt er sich schon lange nicht mehr.

Dieser Brief aber, diese Einladung, hat sein Interesse, seinen Instinkt als Geschäftsmann und schlauen Fuchs geweckt. Einen Preis, ja eine Sonderprämie würde er diesem Herrn Sowieso auszahlen, wenn der ihm verraten könnte, wie man denn diese Plagegeister loswerden könnte. Vor allem die schreibende Zunft ist ein rotes Tuch für den Arzler, denn was heutzutage alles gedruckt und veröffentlicht wird, darüber kann der Pepi wirklich oft nur mehr den Kopf schütteln. Dann auch noch finanzielle Unterstützungen zu erwarten – nein, so nicht. Aber wenn man dem

Versprechen dieses Vortragenden glauben darf, hat sich nach der Präsentation das ganze Problem wohl ein für alle Mal gelöst.

Die brütende Julihitze ist pünktlich zu Augustbeginn einem Tiefdruckgebiet gewichen, wie Tirol es noch selten gesehen hat. Bäche und Flüsse führen Hochwasser, seit einer Woche prasselt es ohne Unterlass auf die Dächer Innsbrucks und das Gemüt der Landeshauptstädter. Dass unzählige italienische Touristen trotzdem noch mit Sonnenbrille durch die Altstadt marschieren, bringt die Einheimischen erst recht auf die Palme.

Pepi Werlsteiner verlässt kurz nach sieben seine Wohnung und lenkt seinen schweren Sportwagen aus der Garage. Die Dörferstraße entlang, fährt er im strömenden Regen Richtung Westen, durch St. Nikolaus und Mariahilf. Um diese Uhrzeit gibt es zum Glück keinen Stau mehr, denn sonst ist diese Strecke fürwahr ein Nadelöhr erster Klasse. Selbst für hundertfünfzig Pferdestärken.

Heute soll er also erfahren, wie man sie loswerden kann, diese Parasiten, Schmarotzer und Blutsauger. Dass sich Schüler ihre Bälle und Zeitungen irgendwie finanzieren wollen, versteht Werlsteiner ja noch irgendwie. Aber diese selbsternannten Dichter und Autoren! Die sollen doch einem vernünftigen, normalen Beruf nachgehen. Ja, ja, vom Großteil dieses literaturschaffenden Volkes hat er nicht gerade eine hohe Meinung. Er hat sich seinen Lohn immer durch ehrliche, harte Arbeit verdient, nicht durch das Schreiben von irgendwelchen Romanen oder Gedichten. Die aber, die den Pepi kennen, wissen, dass es eigentlich nur der blanke Neid ist, der ihn auffrisst. Zu gerne hätte er selber auch einmal etwas geschrieben oder sogar publiziert, in seinen jungen Jahren. Aber wie anstellen, wenn das Talent fehlt...

So hat ihm der Hopfner Otti zum letzten Geburtstag eine Griechenland-Box geschenkt. Der Pepi liebt Griechenland. Ewige Sonne über der tiefblauen Ägäis. Eine Flasche Ouzo, Schafskäse und das Buch „suedesland" von Thomas Schafferer. Gedichte über Griechenland. Anfangs war er ja skeptisch, der Pepi, und ein bisschen verärgert, aber dann, also er so eingetaucht ist in das Buch, da war er echt begeistert. Mein Gott, Griechenland, das…

Vorsicht! Bei der Höttinger Auffahrt läuft eine schwarze Katze von links quer über die Straße, um im Gebüsch zu verschwinden. Mistvieh! Werlsteiner steigt kräftig auf die Bremse, kann noch rechtzeitig ausweichen, um dann mit leicht überhöhter Geschwindigkeit wieder weiterzufahren.

Trotz dieser Jahreszeit ist es ungewöhnlich düster und die dichten Regenwolken lassen die Berge rund um die Stadt nicht einmal erahnen. Hier draußen in der Höttinger Au hat im Februar eine rätselhafte Mordserie ihr vorläufiges Ende gefunden. Acht Personen kamen da innerhalb kurzer Zeit in Innsbruck ums Leben.

Die Umstände waren beängstigend, denn die Toten hatten keinen Tropfen Blut mehr in ihren Adern. So kam es, dass der Mörder, der nie gefasst werden konnte, den Beinamen „Der Vampir von Innsbruck" erhielt. Für Werlsteiner reine Spinnereien, an solchen Humbug zu glauben nötigt ihm nur ein verächtliches Lächeln ab.

Er biegt kurz vor halb acht auf den Parkplatz des Gasthauses ein und stellt seinen Wagen ab. Die Zeit ist optimal, denn diese Präsentationen beginnen ohnehin meist mit gehöriger Verspätung. Werlsteiner legt seinen dünnen Mantel an der Garderobe ab und wird von einer Kellnerin begrüßt. Ob er zum Vortrag käme? Geradeaus und dann links.

Vor einer großen Doppeltüre haben sich bereits ein paar Leute eingefunden, es gibt Cognac und Biskotten zum Empfang, eine fürwahr seltsame Kombination, wie der Innsbrucker Unternehmer findet. Hat da nicht einmal der Otti, dieser alte Bücherwurm, einmal etwas von einem Literaturmagazin erzählt, das so heißt? Egal. Ah, und da ist auch schon der Rumpldorfer Franz, schwergewichtiger Bauherr und ein Bekannter von Werlsteiner. Man beginnt eine kurze Konversation, erfreut sich am kräftigen Weinbrand und jammert und klagt ein bisschen über die schlechte Konjunktur und das noch schlechtere Wetter.

Plötzlich öffnet sich die Türe und ein unscheinbarer, junger Mann signalisiert der Versammlung, man möge doch eintreten. Der Raum bietet mit Sicherheit Platz für dreißig Personen, letztlich sind es aber gerade einmal zehn Interessierte, die den Weg zu dieser Präsentation gefunden haben. Der Vortragende, ein bleicher, zaundürrer Mann Mitte zwanzig, postiert sich auf einem kleinen Podest und wartet, bis es sich alle Anwesenden auf ihren Plätzen gemütlich gemacht haben.

„Guten Abend. Mein Name ist Walter Remmets und ich freue mich außerordentlich, sie hier zu meinem kleinen Vortrag begrüßen zu dürfen.

Sie werden heute nicht nur etwas zum Thema Sponsoring von mir hören, nein, ich darf Ihnen, wie bereits angekündigt, ein einfaches Mittel verraten, wie sie für alle Zeit von Bettlern und Bittstellern verschont bleiben können. Dazu am Ende mehr. So, und nun...“

Nun setzt Remmets zu einem ungefähr zwanzigminütigen Monolog an, preist das Instrument der Werbung, spricht von ihrer Notwendigkeit und philosophiert über moralische Grundsätze und gesellschaftliche Werte. Er tut dies in einer derart monotonen Weise, sodass die ersten Zuhörer betont auffällig anfangen zu gähnen. Rumpldorfer und Werlsteiner flüstern sich gegenseitig etwas zu, was Remmets sofort bemerkt.

„Haben die Herrschaften vielleicht eine Frage?“

„Ja! Gibt's hier keine Klimaanlage?“

Dem Gelächter des Publikums folgt der Nachsatz.

„Ich kann's irgendwie nicht ganz verstehen. Draußen regnet es, und hier drinnen ist es fast unerträglich heiß. Also, Meister, bitte um Behebung dieses leidigen Zustandes!“

78

Remmets lächelt Werlsteiner, der diese Worte des Unmuts getätigt hat, an.

„Ich denke, wir haben heute Abend Elementareres zu besprechen als einen etwaigen Hitzestau. Seien sie sich sicher, ich werde mich darum kümmern. Aber ich registriere durchaus eine gewisse Unaufmerksamkeit in ihren, ja, Reihen. Daher möchte ich so rasch wie möglich zu dem Punkt kommen, wegen dem sie sich wahrscheinlich hier alle eingefunden haben."

Anerkennendes Nicken der Zuhörer, die alle etwas unruhig auf ihren Sitzen hin und her rutschen. Ganz links lockert sich ein Mann seine Krawatte und zupft am obersten Hemdknopf herum. Angestrengt schaut er auf die Fensterscheibe hinter dem Vortragenden. Er kann alle Anwesenden erkennen, aber Remmets sieht er nicht. Na, vermutlich nur eine optische Täuschung.

„In den letzten Wochen erhielten sie alle und noch einige Unternehmer mehr, die heute nicht anwesend sind, Besuch von einem gewissen Roland Stemmer. Er wurde mit der Bitte vorstellig, ihn durch Sponsorgelder bei einem Buchprojekt zu unterstützen."

„Stimmt!", sagt da mit quietschender Stimme eine etwas ältere Dame. „Ein furchtbar aufdringlicher Mensch. Grässlich. Sagte da etwas von einem Buch, das er schreiben wolle und dass er sicher sei, damit seinen Durchbruch schaffen zu können."

„Exakt, gnädige Frau. Das war Roland Stemmer. War. Denn bedauerlicherweise ist dieser Mann zusammen mit seinem Bruder vor zehn Tagen bei einem Autounfall ums Leben gekommen. Zumindest ging man zunächst noch von einem tragischen Unglück aus. Dann aber fand man einen Abschiedsbrief, in dem er die Ignoranz und die Überheblichkeit all jener anprangerte, die ihm die Tür vor der Nase zuschlugen oder es nicht einmal der Mühe wert fanden, ihm überhaupt zu antworten."

79

„Sie wollen doch damit nicht etwa andeuten, wir wären Schuld am Tod dieses Mannes?"

Die Stimme der Frau wird schrill, als sie sich dem Vortragenden zuwendet. Blanker Spott funkelt in ihren Augen, während sie schwer atmend und mit einer herablassenden Geste hinzufügt:

„So gesehen haben wir ja sogar noch Glück gehabt. Wer weiß, welch unsäglichen Mist dieser, dieser so genannte Schriftsteller zu Papier gebracht hätte. „Halte durch, Helmut!" So war doch der Titel seines Buches, oder? Was sollte das werden? Denken sie, irgendjemand hätte das geles..."

Plötzlich verschwindet das Verächtliche in ihrer Geste, als sie, um Luft ringend, langsam vom Stuhl rutscht. Ihre Nachbarn greifen sofort ein und stützen die Dame. Doch auch sie haben offensichtlich Probleme mit ihrer Koordination, denn bei diesem Rettungsversuch stürzt einer der Männer zu Boden.

„So ruft doch jemand einen Krankenwagen! Sehen sie denn nicht, was hier los ist?"

Der Pepi Werlsteiner blickt empört um sich, doch niemand macht Anstalten, auch nur irgendetwas zu tun.

„Mein lieber Mann! Wenn sie nicht sofort eingreifen, werde ich mich bei der Geschäftsführung über sie beschweren. Und dann haben sie hier das letzte Mal etwas präsentiert!"

„Sie glauben doch nicht ernsthaft", lächelt der Vortragende kühl, „ dass sie diesen Raum lebend verlassen werden?"

Werlsteiner, der ebenfalls langsam gegen Übelkeit und eine immer stärker werdende, aufsteigende Wärme in seinem Körper ankämpfen muss, blickt völlig verwirrt auf den Mann, der vor ihm auf dem Podium steht.

„Ich denke, ich muss mich konkreter ausdrücken. Der Weinbrand, dem sie alle vor der Präsentation eifrigst zugesprochen haben, war mit Nervengift versetzt. Sie spüren bereits die Auswirkungen: Koordinationsstörungen, Übelkeit, Hitze. In wenigen Minuten wird bei ihnen allen der Tod durch Atemlähmung eintreten. Zeit genug, um sie über die Hintergründe zu informieren."

Einer nach dem anderen sinkt von den Stühlen, röchelt, verkrampft seine Finger beim Versuch, sich irgendwo festzuhalten.

„Bevor Stemmer beschloss, seinem Leben ein Ende zu setzen, hat er sich noch dieses schöne Schauspiel ausgedacht. Hat die Einladungen verschickt, diesen Raum angemietet, den Weinbrand ausgesucht. Sie alle, sie haben seine Träume mit der Schere der Ignoranz zerschnitten, haben sein Projekt mit ihrem Geiz, ihrer unsäglichen Oberflächlichkeit und Arroganz zerplatzen lassen. Jetzt, verehrte Anwesende, bekommen sie die Rechnung serviert. Ich versprach ihnen ja, dass sie für immer von diesen Bettlern und Schmarotzern befreit werden. Nicht mehr lange, und sie sind alle erlöst. Auf ewig..."

Inzwischen kniet Pepi Werlsteiner auf dem Boden, spürt, wie sich das Gift langsam seines Körpers bemächtigt. Sein Kollege, der Rumpldorfer Franz, liegt leblos zwischen den Stühlen. Allmählich beginnt sich sein Blick zu trüben.

„Man wird... sie zur Verantwortung ziehen... Herr Rem..."

„Stemmer. Walter Stemmer. Ich hab' ganz einfach nur den Nachnamen umgedreht. Klingt irgendwie holländisch, oder? Mein Bruder sagte, das klänge holländisch. Er hat mich geschickt, sonst wäre es wahrscheinlich sofort aufgefallen..."

„Sie... aber, das kann doch alles nicht wahr sein..."

„Sogar jetzt, noch im Todeskampf, haben sie die Scheuklappen aufgesetzt. Haben alle Zeichen ignoriert. Die schwarze Katze, den Freitag, den dreizehnten. Mein fehlendes Spiegelbild im Fenster. Aber unsereins hat kein Abbild mehr... Konnten sie beobachten, dass ich an diesem Abend irgendetwas in die Hand nahm? Nein, es wäre mir auch gänzlich unmöglich gewesen. Man will mich zur Verantwortung ziehen? Mich, der vor zehn Tagen gemeinsam mit seinem Bruder in den Tod gefahren ist? "

9

September

Höllenfahrt

„Es war ein erfolgreicher, wenn auch außergewöhnlicher Abend. Eine Straßenbahn und eine Remise sind schließlich keine alltäglichen Orte für eine Lesung, um Gedichte und Geschichten vorzustellen. Gedanken, Wörter, Texte, unterwegs auf Schienen und Geleisen.

Langsam löst sich die Menge auf, Literaten, Veranstalter und Gäste verlassen das Betriebsgelände im Süden der Stadt, am Fuße des Bergisels, und sie verschwinden irgendwo in der Dunkelheit der Nacht.

Nur mehr wenige Trams und Busse kreuzen durch die Straßen und der Autor Josef Kirschbaumer nimmt die letzte Einser – die Linie, die quer durch die Stadt, bis hinunter in den Stadtteil Saggen fährt. Die Straßenbahn ist leer als er einsteigt, menschenleer. Nicht einmal vom Fahrer ist etwas zu erkennen, als die Bahn anfährt. Aber das liegt vermutlich daran, dass Kirschbaumer ganz hinten links sitzt, angelehnt an das Fenster, den Blick hinaus auf die Lichter der Straße. Gelbe und rote Blätter liegen auf dem Asphalt. Farbenprächtige Zeugen der Vergänglichkeit und Vorboten für den kalten, weißen Winter.

Die Einser biegt in die Andreas-Hofer-Straße ein. Und noch immer ist keine Menschenseele zu sehen. Leere Lokale, dunkle Auslagen starren den Fahrgast auf seiner Reise durch die Nacht an. Doch diese Leere, diese Verlassenheit ist nicht das einzig Ungewöhnliche, das Josef Kirschbaumer auffällt.

Trotz der frischen Herbsttemperaturen ist der Unterschied zwischen drinnen und draußen auffallend groß und fast scheint es, als würde es von Minute zu Minute wärmer im Inneren der Bahn werden. Prüfend greift Josef auf den Heizkörper unter dem gepolsterten Sitz, doch der ist genauso kühl wie dieser Septemberabend.

Langsam, ganz langsam, bilden sich kleine Schweißperlen auf der Stirn des einzigen Fahrgasts, und diese eigenartige Wärme zwingt ihn, sich seiner Jacke zu entledigen. Die Straßen sind wie ausgestorben, keiner,

85

der einsteigt, niemand, der die Bahn auf ihrer geisterhaften Fahrt durch Innsbruck anhält. Diese unerklärliche Wärme, die sich im Wagen breit macht.

Vorbei am Innrain-Terminal, an Werbeplakaten und leeren Wartebänken. Zeitungspapier, das vom Wind durch die Straßen geblasen wird. Der Marktplatz, wo im August noch der Fischmarkt für Trubel und reges Treiben gesorgt hat, liegt verlassen im Schein der Laternen.

Josef Kirschbaumer nimmt die Sache jetzt selbst in die Hand, steht auf, will vorgehen zum Fahrer. Von Sekunde zu Sekunde wird es heißer, der Körper des einsamen Trambenutzers ist schweißgebadet, er hat größte Mühe, sich vorzukämpfen. Doch dort, am Steuer der Straßenbahn, wo er den Fahrer wähnt, sitzt niemand.

Wo zum Teufel ist der hin? Kirschbaumer wischt sich die nasse Stirn ab, taumelt halb benommen durch den völlig überhitzten Wagen. Die Bahn fährt führerlos durch die Museumstraße, an den Viaduktbögen vorbei, während sich der einzige Passagier an ein Fenster lehnt und fassungslos auf die Straße blickt.

Was er sieht ist unglaublich. Er reibt sich die Augen. Ist das alles nur Einbildung? Immer schneller und schneller wird die Fahrt, die Gleise hinter der Bahn scheinen zu glühen. Grelle, feuerrote Striche in der Nacht. Josef Kirschbaumer kann sich nicht mehr länger auf den Beinen halten, stürzt, ringt hechelnd um Atem. Weiter führt die Höllenfahrt, durch die Schleife der Endstation im Saggen braust die Straßenbahn wieder zum Claudiaplatz, ohne anzuhalten. Kraftlos liegt der Autor im Inneren der Bahn, alles scheint zu kochen, zu brodeln, die Fenster drohen vor sengender Hitze zu bersten. Immer schneller wird der Wagen, immer schneller. Glühende Schienen, Funken sprühen, schmelzende Metallstränge. Und unaufhaltsam geht die Fahrt, weiter und weiter. Quer durch die Innenstadt rast die Einser, während in ihr ein flammendes Inferno wütet.

Dann, als die Bahn wieder den Südring und die Fritz-Konzert-Straße erreicht, wird sie langsamer, verliert mehr und mehr an Geschwindigkeit, bis sie auf dem Betriebsgelände in der Pastorstraße allmählich zum Stehen kommt.

Als man am nächsten Tag den leblosen Körper von Josef Kirschbaumer im Waggon findet, gibt es nicht die geringste Erklärung für seinen Tod.

Wie und warum ist dieser Mann in die Straßenbahn gekommen? Man hatte sie abgestellt, um Reparatur- und Wartungsarbeiten durchzuführen. Schon seit zwei Tagen, so der zuständige Werkstättenleiter, wäre die Bahn nicht mehr in Betrieb gewesen. Schließlich entdeckt man ein Originalmanuskript des Toten. Es stellt sich heraus, dass Josef Kirschbaumer am Vorabend bei einer Lesung in der Straßenbahnremise teilgenommen hatte."

„Nein, nein, Josef. So kommen wir einfach auf keinen grünen Zweig. Die Idee mit deinem
Namen ist ja ganz nett, aber da ist noch mehr herauszuholen aus diesem Text, aus der Geschichte. Lass' doch die Leute nicht zuviel nachdenken. Gib' ihnen mehr Hinweise, kläre die Sache besser auf. Das versandet mir am Schluss einfach ein bisschen…"

Leo Tumpflmoser schiebt das Manuskript über den Tisch. Vom Wohnzimmer seiner Villa am Bergisel, in der die beiden Männer jetzt sitzen, hat man einen herrlichen Blick über die Landeshauptstadt. Es ist Nachmittag, und die Septembersonne taucht die Häuser und Straßen in ein kräftiges, intensives Licht.

„Aber ich hab' doch jetzt schon dreimal den Schluss…"

„Weiß ich, weiß ich, Josef. Trotzdem bin ich als dein Verleger nicht hundertprozentig zufrieden. Du willst doch bekannt werden, ins Fernsehen kommen, oder? Ich werde dir die Gelegenheit verschaffen, schließlich kenne ich genügend wichtige Personen, habe die nötigen Kontakte. Aber

87

du musst eben noch am Text feilen. Die Story an sich ist ja gar nicht mal so schlecht, denn man rechnet ja kaum damit, dass dieser Autor quasi über seinen eigenen Tod geschrieben hat. Die Leute mögen ja das Unvorhergesehene. Der sprichwörtliche Ziegel, der dem Bauarbeiter aus heiterem Himmel auf den Kopf fällt.

Der unscheinbare Beamte, der nach zwanzig Jahren Dienstzeit einfach durchdreht und jemanden ermordet. Und die Leiche, Josef, die Leiche! Das ist mir zu wenig dramatisch, wie du das am Ende schilderst. Wir brauchen eine grausliche, verkohlte Leiche, verstehst du?"

Josef Kirschbaumer versteht nicht. Und er kommt auch auf keinen grünen Zweig. Nein, er wird seine Geschichte mit Sicherheit nicht umschreiben.

Langsam geht er die Brennerstraße hinunter, vorbei am Wiltener Friedhof. In die Zeitung, ins Fernsehen kommen? Da hat er eine bessere Idee als der Herr Tumpflmoser. Die Leute werden ihre grausliche, verkohlte Leiche bekommen. Und lächelnd schaut Kirschbaumer zurück auf die brennende Villa des Verlegers…

10

Oktober

Nacht des Grauens

Der Oktober macht Innsbruck intelligent! Wenn der Herbstwind durch die Landeshauptstadt weht, steigt in selbiger der durchschnittliche Intelligenzquotient erheblich. Dieser bleibt, von kurzen Unterbrechungen abgesehen, bis Ende Juni konstant hoch, um über die Sommermonate rapide abzustürzen. Zurückzuführen ist dies auf den Beginn eines neuen Studiensemesters, wenn die Universität und ihre Institute von lernwillig durchs Leben schreitenden Studenten frequentiert werden. So füllen sich Hörsäle, Fahrradständer und Müllbehältnisse, Tausende von Menschen wandeln über universitäre Böden.

Der wahre Hort des Wissens, die einzige Stätte echten Ideen- und Erfindungsreichtums ist aber nicht in irgendwelchen Vorlesungsräumen oder besagten Hörsälen zu suchen. Wer dies zu glauben versucht, irrt weit und weitreichend. Es gibt einen Platz, wo Intelligenz in höchstem Maße kumuliert anzufinden ist: Die Treppe, welche auf den Vorplatz des GEIWI-Turms führt. Hier sammelt sich Klugheit und Tatkraft, Unternehmertum und Forschungsgeist. Was Rom mit dem Trevi-Brunnen und der Spanischen Treppe hat, besitzt Innsbruck mit dem Leopoldsbrunnen am Rennweg und eben erwähnter Treppe. Hier, auf diesen Stufen, werden Entscheidungen gefällt, die zukunftsweisend sind für eine Vielzahl menschlicher Existenzen. Mitunter können sie aber auch dem Falschen zu Ohren kommen.

Es ist ein beschaulicher und warmer Oktobernachmittag, an dem drei Studenten scheinbar harmlos und unschuldig auf der Stiege herumsitzen. Ihr Blick schweift über das Meer an Fahrrädern, welches sich endlos vor ihnen ausbreitet. Doch die Idylle trügt. Das Vorhaben, welches dieses Dreigestirn ausgebrütet hat, zeugt von Kühnheit und Mut, ja, es driftet eigentlich in den Bereich der Illegalität ab, wenngleich eigentlich kein Mensch bei der Sache zu Schaden kommen würde. Um zehn Minuten vor fünf erheben sich die drei mit ihren Rucksäcken und steuern den Eingang der Hauptbibliothek an. Sie durchschreiten den Westgang, warten bis die zwei Männer in der Ausleihe durch andere Studenten abgelenkt sind und huschen dann unbemerkt ins Magazin. Die Uhr zeigt jetzt fünf vor fünf. In der ersten Etage, hinten rechts im Bereich der Slawistik, verstecken sich die drei hinter einer Bücherachse. Begünstigt durch den Ausfall zweier Leuchtröhren sind sie dort praktisch nicht auszumachen. Es vergehen einige Minuten, bis sie von oben das Geräusch schneller Schritte hören.

Der Magazinsbetreuer ist im Begriff, die Zugänge zum Magazin zu schließen und die Beleuchtung auszuschalten. Er geht durch die erste Etage, dreht den Hauptschalter auf Null und verschwindet in Richtung Ausgang. Man hört noch das Gitter, das ins Schloss kracht, dann herrscht absolute Stille.

Die drei Studenten sind jetzt allein, inmitten von einer Million Büchern. Eine Million mal Wissen und Unwissen in gebundener Form. Von Adorno bis Zola, von Psychologie zur Belletristik, von unentbehrlichen Druckwerken bis hin zu Geschriebenem, welches der Menschheit besser erspart geblieben wäre. Kassian Schlendritzer aus Gossensass im schönen Südtirol, Stefan Hauptmann und Gerhart Zweig aus Innsbruck sind im Begriff, eine literarische Nacht in der Hauptbibliothek zu verbringen. Die drei Abenteurer haben es sich zum Ziel gesetzt, mit Chips und Bier bewaffnet, eine Rundreise durch die Etagen zu machen, zu erkunden, zu forschen. Für Mitternacht ist eine Lesung von Gedichten geplant, die ein jeder auf eigene Weise vorzubringen hat. Wahrscheinlich wird es George oder Rilke. Komm' in die abgesperrte Bibliothek und triff den Panther!

Und so vergeht Stunde um Stunde, in denen in Büchern geschmökert und über Themen und Titel diskutiert wird. Sanft umspült der Gerstensaft die gerösteten Kartoffelscheiben in den Mündern der Drei, während der Mantel der Nacht sich unaufhaltsam über das Gebäude und die Stadt legt. Es ist kurz vor zehn, als die Eindringlinge die Volkskunde-Bücher für sich entdeckt haben. Moderne Märchen, Großstadtmythen sind es, die ihr Interesse geweckt haben. Die Spinne in der Yucca-Palme ist nicht minder grauslich wie die Geschichte von dem Fabrikarbeiter, der Montagearbeiten in einer riesigen Maschinenpresse durchführen muss und dann... Wie groß das Stückchen Wahrheit ist, das in diesen Erzählungen steckt, sorgt für enormen Zündstoff zwischen den Studenten. Und mitten, mitten in dieser Diskussion hören sie es plötzlich:

Ein lautes, metallisches Krachen, das irgendwo aus den oberen Etagen kommt. Man zuckt zusammen, wirft Blicke nach oben. Dass ausgerechnet heute noch jemand sich hier eingesperrt hat, ist wohl ziemlich unwahrscheinlich. Genauso aber scheint es ausgeschlossen, dass jetzt, um zweiundzwanzig Uhr, noch irgendeine Kontrolle im Magazin erfolgt.

Um vollständigste Aufklärung zu erlangen, muss unverzüglich, ja am besten gleich und sofort, nachgeschaut werden.

Der Südtiroler Schlendritzer aus Colle Isarco zaudert nicht lange, leert seine Flasche, packt sie am Hals und rennt in die Schlacht, furchtlos, wie es sein berühmter Landsmann vor knapp zweihundert Jahren getan hat. 1810 war dann endgültig Sendepause, und in Mantua zu Banden kam die ganze Geschichte zu einem leider, leider sehr unrühmlichen Ende.

Die Entschlossenheit auf Nordtiroler Seite ist nicht in diesem Maße ausgeprägt, weil wichtige Entscheidungen in Innsbruck oft etwas länger dauern können. Und noch während der Kassian mit wüstem Schlachtgeschrei die Treppen hinaufstürmt, müssen Gerhart und Stefan die Sachlage doch noch etwas genauer analysieren. Gut, es wäre schon möglich, dass dort oben jemand sein könnte, schon, aber natürlich könnte auch der Wind oder etwas anderes und überhaupt wäre es nicht sehr klug, einfach so hinaufzulaufen. Die beiden schauen also etwas ratlos durch die Gegend, machen sich dann aber nach zwei, drei Minuten doch auf, um der Sache auf den Grund zu gehen.

Ihre Stirnlampen leuchten ihnen den Weg, sie kommen in die dritte, dann in die vierte Etage. Keine Spur von Kassian oder sonst jemandem. Sie gehen langsam, leuchten jeden Seitengang aus. Es ist totenstill. Wo zum Teufel steckt der Südtiroler? Der Strahl der Lampen fällt auf die zahllosen Bücher, die stumm und in strammer Ordnung in ihren Regalen stehen. Totenstill. Die Stiege hinauf in die fünfte Etage. Wieder leuchten die

Lampen, wieder stehen die Bücher hab acht. Doch dieses Mal ist etwas merkwürdig. Hauptmann und Zweig stehen wortlos in der Mitte des Ganges, als sich im Lichtkegel eine dunkle Spur zeigt. Sie verschwindet zwischen einer der vielen Bücherachsen. Totenstille. Woher kam dieses Krachen? Die beiden Studenten kommen nicht mehr dazu, weiter darüber nachzudenken, denn ein Blick auf die Seite zeigt ihnen, wohin die Spur führt, die sie vorher gesehen haben.

Unter einem Berg von Reiseführern begraben, liegt der Körper des Kassian Schlendritzer. Schon ist Gerhart zur Stelle, schleudert mit seinem Studienkollegen gemeinsam die Bücher fort, sie schmeißen sie panisch zur Seite und... blicken ins blanke Entsetzen.

Irgendjemand hat den Schlendritzer mit einem spitzen Gegenstand drangsaliert, mit dem Ergebnis, dass der Kassian jetzt tot ist. Die immer größer werdende Blutlache, die sich unter dem Körper des Unglücklichen ausbreitet, dokumentiert dies recht eindeutig. Eindeutig ist aber auch, dass sich Hauptmann und Zweig jetzt in ziemlichen Schwierigkeiten befinden. Wer hat den Schlendritzer gemeuchelt und wo ist derjenige jetzt? Und vor allem, was tun? Wieder ertönt ein lautes Geräusch aus den unteren Etagen und ein furchtbarer Gedanke durchzuckt die Studenten: Hat sich jemand mit ihnen einsperren lassen und will derjenige auch sie beide ins Jenseits befördern?

Gegen jede Vernunft rennen die beiden die Stiegen des Magazins hinunter, wollen ins Erdgeschoß. Schnell laufen die beiden am Geländer entlang, als plötzlich Hauptmann wie angewurzelt stehen bleibt. Und dann sieht Zweig auch den Grund: Vor seinem Kompagnon hat sich eine Gestalt mit rotem Mantel und Kapuze aufgebaut. Zweig hört nur mehr ein Röcheln seines Kollegen. Hauptmann ist dem Fremden im wahrsten Sinne des Wortes ins offene Messer gelaufen und wird den Sonnenaufgang nicht mehr erleben. Das Grausen packt Gerhart Zweig, er rennt den Gang hinunter, nur weg, nur weg von diesem furchtbaren Schauplatz. Er läuft die Stiege hinab. Langsam tastet er sich vorwärts, schleicht hinein in einen Zwischengang und zerrt sein Handy aus der Tasche. Er zittert am ganzen Leib, ist fast unfähig, die Tastensperre zu deaktivieren. Es gelingt ihm nach drei Versuchen, dann tippt er die Nummer ein. Sekunden, die nicht zu vergehen scheinen, verstreichen.

„Hallo! Hier ist Gerhart Zweig! Er ist hinter mir her... helfen sie mir bitte. Ich... ich bin in der Uni-Bibliothek am Innrain, erste Etage, im Magazin. Meine Güte, kommen sie bitte schnell. Er hat einen roten Mantel an... ein Messer. Zwei sind schon tot...!"

Die Stimme am anderen Ende der Leitung versucht, Zweig zu beruhigen. Man verspricht ihm, sofort jemanden herzuschicken. Er solle ruhig bleiben, die Nerven bewahren. Ha! Die Nerven bewahren, denkt sich Zweig. Sein Leben, ja, sein Leben möchte er bewahren, sagt er sich, während er sich langsam an der hinteren Regalwand, fast im völligen Dunkel, entlang bewegt.

Man redet ihm gut zu, versucht ihm diese furchtbare Angst etwas zu nehmen. Wachsam solle er sein, sich vielleicht irgendwo verstecken. Ein schweres Buch zur Verteidigung suchen...

Draußen, auf dem Innrain, bläst der Fön. Drüben, in einem Gasthaus, steigt eine Geburtstagsfeier. „Heute gehn' wir nicht nach Haus!" singt dort eine lustige und muntere Runde, die bereits ordentlich einen in der Krone hat. Das wird wohl wirklich noch etwas länger dauern, an diesem Abend.

Durch die Bücherreihen späht Zweig hinaus auf den spärlich von der Notbeleuchtung erhellten Gang. Er hört keinen Laut. Wo ist dieser verdammte Mistkerl? Und dann spürt er es: Das Messer an seiner Kehle schnürt ihm den Atem ab, lähmt ihn. Er sieht nur mehr den roten Mantel, dann wird es schwarz vor seinen Augen.

Als Zweig zu sich kommt, dreht sich alles in seinem Kopf. Er hört Stimmen, sieht Lichter und kriecht langsam auf den Gang hinaus. Ein Mann mit blauem Arbeitsmantel leuchtet mit der Taschenlampe auf ihn.

Drei oder vier Männer in Uniform tauchen hinter ihm auf. Zweig erhebt sich, völlig neben der Spur. Er zieht sich langsam auf die Beine.

„Da! Das muss er sein! Bleiben sie stehen, keinen Zentimeter weiter!" dröhnt eine befehlende Stimme in sein Ohr. Zweig taumelt an den Regalen entlang. Was zum Teufel ist hier los, denkt er sich. Wo ist denn der Typ mit dem Messer? Und wieso trägt er selbst jetzt plötzlich einen roten Mantel?

„Halt, oder ich schieße!"

Hinter den Männern kann Gerhart Zweig eine Gestalt erkennen, die mit schnellen Schritten durch die jetzt geöffnete Schiebetür zum Ausgang flüchtet. Zweig blickt an sich herab. Der rote Mantel ist voller Blut...

11

November

Der Totengräber

Anfang November kommt auch der Innsbrucker nicht am Tod, am Sterben vorbei. Die Karawanen, die auf die städtischen Friedhöfe pilgern, sind unübersehbar. Die Kolonnen von Autos ebenso. Menschen in schwarzen und grauen Gewändern, hin und wieder ein gewagter Farbtupfer, schwermütige Musik, die sich Jahr für Jahr wiederholt. Der November, der Nebelung ist der Wind- und Nebelmonat, der Totenmonat. Nass, kalt, trüb und traurig. Und wenn am Abend der Blick aus dem Fenster fällt, der graue Nebelschleier durch die Straßen und Gassen der Stadt zieht und sich in Ritzen und Winkeln festkrallt, sind es oft die seltsamsten Gedanken, die durch die Köpfe der Leute ziehen. Und zu keiner Zeit ist der Tod näher als zu dieser.

Rene Guggenberger steuert seinen Wagen über die Mühlauer Brücke. Es ist knapp vor fünfzehn Uhr, als er die Anton-Rauch-Straße hinauffährt. Noch ist es trocken, aber die dunklen Wolken am Himmel, die immer schneller und schneller ziehen, kündigen Regen an. Hoffentlich hält das Wetter noch ein bisschen, denkt sich Guggenberger. Er muss zum Mühlauer Friedhof, wegen dieser Geschichte.

„Rene, es ist November und wir brauchen eine November-Story. Nebel, Dunkelheit, Tod. Das ganze Programm. Wichtig ist: Tote. Je toter, desto besser. Das zieht immer. Aber bloß keine Statistiken. Keine faden Daten und Zahlen von Lebkuchenerzeugern oder Kerzenherstellern. Eine spannende, gute Geschichte. Lass' Dir was einfallen. Nächste Woche will ich den Artikel am Tisch haben!"

Das also waren die Worte von Guggenbergers Chef, dem Herausgeber einer Innsbrucker Lokalzeitung. Lass dir was einfallen. Und der Rene ließ sich etwas einfallen. Durch Zufall hat ihm nämlich einer seiner Kollegen von einem Bekannten erzählt, der Totengräber sei. Und das, so dachte sich Rene, sei doch die ideale Geschichte für den November. Erzählungen aus dem Arbeitsalltag, Schauermärchen, das Motiv, diesen Beruf auszuüben, da lässt sich doch absolut etwas daraus machen. Bestimmt.

Guggenberger biegt in den Mühlenweg ein, fährt langsam am Sportplatz zu seiner Rechten vorbei und parkt sein Auto vor dem Eingang des Friedhofs. Noch scheint niemand hier zu warten.

Es ist Anfang November und der große Sturm zu Allerheiligen und Allerseelen ist vorbei. Man sieht vereinzelt ein paar Menschen zwischen den Gräbern, den Kreuzen und Steinen. Und dann kommt jemand auf Guggenberger, der aus seinem Wagen ausgestiegen ist, zu.

„Herr Guggenberger?"

„Ja, der bin ich. Dann sind sie Herr Oblasser?"

Der Angesprochene nickt und Guggenberger ist erstaunt. Er hat hier mit einem Totengräber ein Interview vereinbart, hat sich einen schrulligen, dürren, seltsamen Kauz mit schwarzer Mütze erwartet. Und jetzt steht vor ihm ein kleiner, kräftig gebauter Mann Mitte fünfzig, mit einer gelben Windjacke bekleidet und lächelt ihn freundlich an. Ein schneeweißer Vollbart ziert sein Gesicht und die grauen, buschigen Augenbrauen wachsen, beinahe wie gemalt, über dem Nasenrücken zusammen. Nein, so hat er sich einen Mann, der Tote unter die Erde bringt, nicht vorgestellt. Und Oblasser scheint das sofort zu bemerken.

„Ich sehe, sie sind etwas erstaunt über meine Person. Aber der Totengräber ist nicht immer der schrullige, dürre, seltsame Kauz, wie er in manchen Geschichten vorkommt. Doch setzen wir uns drüben auf die Bank und verlieren wir keine Zeit. Sie haben doch bestimmt auch noch andere Termine und es gibt so viel zu erzählen."

Obwohl erst Nachmittag, ist es doch eigenartig düster geworden am Himmel. Drüben im Stubaital regnet es bereits, und alles sieht danach aus, als würde der weiße Vorhang, der langsam die Serles verdeckt, der Landeshauptstadt immer näher und näher kommen.

„Herr Oblasser, ich gehe gleich, wie die alten Römer ja schon sagten, in

„medias res". Stellen wir uns also vor, sie müssten mich morgen beerdigen. Wie tief liege ich denn dann in Zukunft?"

„Nun, für ein Einzelgrab, so wie es in ihrem Falle nötig wäre, würden sie sich in 1,80 m Tiefe befinden. 2,20 m muss man für ein Doppelgrab veranschlagen. Da liegen dann quasi zwei Särge übereinander."

„Und wie lange benötigt man im Schnitt für diese Schaufelei?"

„Früher habe ich alles händisch gemacht. Das waren dann schon so sechs bis acht Stunden. Im Winter, wenn der Boden gefroren ist, kann es natürlich auch schon einmal länger dauern. Insgesamt, mit allem, was so dazugehört, muss man elf bis achtzehn Stunden veranschlagen."

„Sie sagten, früher wäre alles händisch gemacht worden. Wie ist das jetzt?"

„Es gibt mittlerweile eigene Friedhofsbagger. Unglaublich teuer und reine Spezialmaschinen. Bis zu zwei Stunden kann es dauern, bis man das Ding zusammengebaut hat. Dafür läuft dann die restliche Arbeit wesentlich schneller. Und nicht nur einmal habe ich gehört, dass ich doch jetzt mit dem Preis hinuntergehen kann, weil's doch flotter geht..."

Oblasser plaudert unbeschwert daher, spricht über seinen Job und erzählt dem Guggenberger Dinge, die diesem mehr als nur einmal den Magen umdrehen. Vom Särgekürzen mit der Motorsäge, wenn beim Graben einer im Weg ist. Vom manchmal unerträglichen Leichengeruch, an den er sich in all den Jahrzehnten noch immer nicht gewöhnt hat. Und er räumt auch auf mit den Mythen, dass der Tote zu Staub zerfällt, wenn plötzlich Luft dazu kommt, dass Geld und Schmuck bei den Verstorbenen gefunden werden.

„Oft werde ich gefragt, warum ich diesen Beruf ausübe. Und die Leute sind entsetzt, wenn ich ihnen sage, dass es das Geld ist. Aber es stimmt. Doch mit dem Alter, wissen sie, gibt es Dinge, die sich ändern.

Man wird gemütlicher, lässt sich mehr Zeit."

Rene Guggenberger hat die letzten Worte des Herrn Oblasser nicht mehr gehört. Zu sehr brennt ihm eine Frage auf der Zunge und jetzt stellt er sie.

„Haben sie selbst Angst vor dem Tod, dem Danach?"

„Offen gesagt, ich weiß es selbst nicht. Was geschieht mit uns, in diesem einsamen, dunklen Grab unter der Erde? Es ist diese quälende Ungewissheit, die den Menschen verrückt macht.

Man muss einfach für alles eine Erklärung haben. Und hier, Herr Guggenberger, stoßen wir auf absolut unverrückbare Grenzen. Wir haben einfach keine Ahnung. Vielleicht tröstet man sich einfach nur mit dem Gedanken, dass es danach weiter geht. Um Halt zu haben, ein wenig Sicherheit. Weiß der Himmel, wenig christliche Ansichten für jemanden, der den Acker Gottes bearbeitet..."

„...und immer umgeben ist vom Sensenmann. Spüren sie ihn manchmal, seinen kalten Hauch? Und halten sie es für möglich, dass es Wesen gibt, die noch im Tod keinen Frieden finden können? Geister und Gespenster? Nicht umsonst werden Friedhöfe mit Spuk und Spukerscheinungen in Verbindung gebracht! Gerade sie müssten doch..."

„Ich habe in all den Jahrzehnten nichts gesehen!"

„Das war nicht die Antwort auf meine Frage!" hakt Guggenberger nach.

„Es gibt weder Beweise für noch gegen die Existenz solcher Wesen."

„Denken Sie, man kann hier Beweise finden?"

„Seien sie vorsichtig, junger Mann. Am Ende konfrontieren sie sich mit einer Wahrheit, die für sie vielleicht unbegreiflich sein kann. Sind sie sicher, so weit gehen zu wollen?"

„So sicher, dass ich heute um Mitternacht hier auftauchen werde, um es herauszufinden!"

Guggenberger packt seine schwarze Tasche und bedankt sich bei Oblasser. Ob es ihm wirklich ernst sei, zur Geisterstunde noch einmal zu kommen, will der Totengräber wissen. Und als der Mann von der Zeitung seinen Mund zu einem schelmischen Grinsen verzieht, weiß Oblasser, dass der Friedhof heute noch einen späten Besucher empfangen wird.

Kurz vor Mitternacht parkt Rene Guggenberger seinen Wagen vor dem Friedhof. Als er den Motor abstellt und aus dem Auto aussteigt, herrscht eine unheimliche Stille.

Von der Stadt herauf ziehen graue Nebelschwaden, die in den Friedhof hineinkriechen und sich über den schmiedeeisernen Kreuzen und Grabsteinen ausbreiten. Am Eingangstor lehnt ein großer Spaten. Guggenberger geht langsam auf ihn zu und nimmt ihn in die Hand. Der lange Griff ist aus starkem, massivem Holz.

Der Redakteur schleicht leise, beinahe lautlos, zwischen den Gräbern hindurch. Nur das leichte Knirschen der Kieselsteine kann man hören. Rote Kerzen brennen und tauchen den Friedhof in ein unheimliches, gespenstisches Licht. Unruhige Flammen, die langsam am weißen Docht herunterbrennen und irgendwann in der Finsternis verlöschen wie ein Menschenleben. Gibt es sie hier, diese ruhelosen Seelen, die im Dunkel der Nacht umherirren, in der Schattenwelt? Wieder und wieder hört Guggenberger den Satz des Totengräbers: „Sind Sie sicher, so weit gehen zu wollen?" Weiter. Am Grab von Georg Trakl vorbei, glaubt Guggenberger, etwas gehört zu haben. Er bleibt stehen und blickt sich um. Nichts zu sehen. Niemand. Die Einbildung spielt ihm bestimmt einen Streich. Doch als Guggenberger nur wenige Meter weiter stehen bleibt, um ein Taschentuch aus seiner Jacke zu holen, hält er den Atem an. Und plötzlich spürt er, dass er nicht mehr alleine ist. Im fahlen Licht des

Mondes, das durch den Nebel dringt, packt der Journalist den Spaten mit einem festen Griff. Und dann, dann dreht er sich rasch um.

Es war, im Nachhinein betrachtet, keine sehr gute Idee vom Totengräber Oblasser, den Spaten am Eingangstor des Friedhofs stehen zu lassen. Und es war eine noch schlechtere Idee, sich eine Totenkopfmaske aufzusetzen und den Zeitungsredakteur Rene Guggenberger mitten zwischen den Gräbern zu erschrecken. Letzterer geriet nämlich bei diesem grauenhaften Anblick völlig in Panik und schlug dem vermeintlichen Geist mit der Schaufel den Schädel ein. Und jetzt? Liegt der Oblasser tot am Friedhof und Guggenberger sitzt. Auf der Polizeiinspektion.

12

Dezember

...dann holt dich der Krampus

Wenn sich das Jahr langsam seinem Ende zuneigt, ist es wieder Zeit, Spekulationen anzustellen. Spekulationen, ob sich denn in Innsbruck weiße Weihnachten ausgehen oder ob es zwischen Olympischem Dorf und Flughafen genauso grün bleibt wie es die Bäume in den Wohnzimmern der Stadtbewohner sind. Alle Jahre wieder wird auch hier, wie sollte es anders sein, eine bekannte Bauernregel hinter dem warmen Kachelofen hervorgeholt. Schneit es nämlich vor dem 11. November, ist es mit dem Winter „Essig". Folgt die Bestätigung dieser Prognose, haben es alle ja schon immer gewusst. Kommt es dagegen anders, ist es Wasser auf die Mühlen jener Meteorologen und Experten, die solche Voraussagen generell für glatten Humbug halten.

Hans Krapfeneder gehört zu denen, die nicht viel auf solche Prophezeiungen geben. Und überhaupt hat er zum Schnee ein, wie so viele Innsbrucker, sehr zwiespältiges Verhältnis. Ein bisschen darf's ja sein, aber wenn man am nächsten Tag knietief in der weißen Pracht steht und vor der Haustüre erst sein Auto suchen muss, hört sich doch jegliches Verständnis auf. Verspätungen, Auffahrunfälle und sonstige Katastrophen sind die unvermeidliche Konsequenz solcher winterlicher Eskapaden, und was ein echter Landeshauptstädter ist, dem kann man es sowieso nicht recht machen.

Krapfeneder macht sich am Abend des vierten Dezember auf den Heimweg. Er leitet eine kleine Werbeagentur irgendwo in St. Nikolaus, die hervorragend läuft. Zwar hört er manches Mal den Ausdruck „Blender", muss sich Vorwürfe gefallen lassen zu manipulieren, zu täuschen. Letztlich aber, sagt Krapfeneder, sei im Grunde jeder Mensch ein Blender, ein Schauspieler. Täglich schlüpfe man in verschiedene Rollen, führe sein Gegenüber an der Nase herum und verkaufe und präsentiere sich, so gut es eben ginge. Werbung in eigener Sache eben. Nichts anderes.

Der Werbemann hat heute beschlossen, zu Fuß seinen Weg zum Sieglanger, wo er seit zwanzig Jahren wohnt, anzutreten. Es ist ein

107

windiger, kühler Abend und Krapfeneder hat mit seinen Leuten noch ein Gläschen getrunken. Er will nichts riskieren. Seinen Führerschein, den braucht er noch, und so hat er es sich zur Angewohnheit gemacht, nach entsprechendem Alkoholgenuss sein Auto stehen zu lassen.

In der ganzen Stadt hört man schon die Glocken der Krampusse klingeln, jener Unverbesserlichen, die schon Tage vor dem 5. Dezember pelzbewehrt und Weideruten schwingend an allen Ecken und Enden Innsbrucks auftauchen.

Als sich Krapfeneder an der Freiburger Brücke umdreht, weil er Glockengeläute hinter sich hört, bemerkt er, dass ihm im Abstand von einigen Metern ein großer, weißer Krampus folgt. Es ist eine grässliche, rotschwarze Fratze mit riesenhaften Hörnern, die der Unhold trägt und eine schwere, dicke Metallkette schlingt sich um die Hüften. Krapfeneder lächelt vor sich hin, schüttelt den Kopf. Mein Gott, als Jugendlicher ist er auch einmal als Krampus gelaufen. Schrecklich unbequem sind diese hölzernen Masken, die Sicht ist gleich null und das Abenteuer hat damals so geendet, dass er stockbreit nach etlichen Schnäpsen irgendwo im Graben des Lohbachs gelandet ist.

Das Schellen der Glocken verfolgt ihn weiter. Auch bei der Unterführung der Mittenwaldbahn hört er sie noch immer hinter sich. Krapfeneders Haus befindet sich am Sieglangerufer, in der Nähe der Kirche „Maria am Gestade". Es sind nur noch wenige Minuten bis dorthin. Die Luft riecht nach Schnee. Der Franz kennt das. Da hat er sich noch nie getäuscht. Morgen gibt's Neuschnee, garantiert.

Immer noch klingelt es hinter ihm. Krapfeneder schaut sich um. Es ist immer noch der gleiche weiße Krampus, der hinter ihm hermarschiert. Der Werbemann beschleunigt seinen Schritt, geht rascher und hört doch stetig die Glocken, die ihn unablässig verfolgen. Langsam wird es ihm unheimlich, und als er sein Haus schließlich erreicht, zerrt Hans Krapfeneder seinen Schlüssel hastig hervor, sperrt die Eingangstüre auf und stürzt völlig außer Atem in den großen, mahagoniverzierten Vorraum.

Er schnauft, atmet durch. Stützt sich an die Wand. Dann, nachdem er einige Minuten so verharrte, wagt er einen Blick aus dem Fenster.

Im hellen Licht der Straßenlaterne steht der weiße Krampus starr und unbeweglich am Gartentor des Krapfeneder'schen Hauses. Hans zieht sich seine Hausschuhe an, schaut wieder hinaus.

Sein Verfolger ist offensichtlich verschwunden. Keine Spur von dem unheimlichen Zeitgenossen, der seit dem Innrain sein buchstäblicher Schatten war.

Als er am nächsten Morgen, nach einer unruhigen Nacht und von seltsamen Träumen geplagt, aufsteht, um die Jalousien seines Schlafzimmerfensters wegzuziehen, blickt Krapfeneder in ein wirbelndes Chaos von tanzenden, riesengroßen Schneeflocken. Der Garten, die Straße, die Autos, alles ist völlig im Weiß versunken und Franz Krapfeneder klopft sich, nachdem er einigermaßen fest auf den Beinen steht, anerkennend auf seine linke Schulter.

„Hast wieder einmal Recht gehabt, du alter Fuchs. Wenn ich sage, es schneit, dann schneit es auch. Hehe! Na, dann wollen wir mal..."

In Ermangelung seines Kraftfahrzeuges macht sich Krapfeneder zu Fuß auf den Weg in sein Büro. Er schnürt sich seine winterfesten Stiefel, schließt die Haustüre hinter sich und sieht auf seinem Fußabstreifer ein kleines, weißes Kuvert liegen. Neugierig bückt er sich und reißt es auf. Schließlich passiert es nicht alle Tage, dass in aller Herrgottsfrühe Post vor dem eigenen Hause liegt.

„Heute holt Dich der Krampus!"

steht da in großgedruckten, schwarzen Lettern.

Ungläubig blickt Hans auf diese Nachricht, um im nächsten Augenblick laut aufzulachen. Na, so schlimm wird er wohl auch wieder nicht gewesen sein dieses Jahr, dass ihn gleich der Krampus mitnimmt. Und die Geschichte von gestern, mit seinem unheimlichen Verfolger, erscheint ihm im Licht des Tages nun auch nicht mehr wirklich so mysteriös. Da wollte sich halt jemand einen Spaß mit ihm machen, ihm ein wenig Angst einjagen, was zugegebenermaßen auch ein wenig geglückt ist, wie er sich selbst eingesteht.

Innsbruck versinkt unter einer dicken, weißen Schneedecke und im Büro erzählt der Hans seinen Angestellten von den Ereignissen des Vortages, von dem Brief, den irgendein Spaßvogel, und nur so könne man diesen bezeichnen, vor seine Haustüre gelegt hatte. Es wird darüber gescherzt und gelacht, und der Hans bekennt sich reumütig als Angsthase vor seiner Crew.

Kurz vor sechs verlässt der letzte Angestellte das Büro. Krapfeneder möchte ganz gerne noch Liegengebliebenes bearbeiten, man kommt ja dieser Tage fast zu nichts mehr. Draußen rieselt leise der Schnee. Glocken läuten, Schellen klingen. Die Krampusse sind am Weg. In Rudeln laufen sie durch die Gassen. Rote, schwarze und weiße Unholde, Kreaturen der Nacht, Geschöpfe der Finsternis.

Unvermittelt muss der Franz wieder an den seltsamen Begleiter vom Vorabend denken. Und an den Brief. „Heute holt dich der Krampus!". Aber holt der eigentlich nicht die Kinder, wenn sie nicht brav waren? Steckt sie in den großen Sack und zieht sie hinunter in die finstere Unterwelt? Was hat er, Franz Krapfeneder, angestellt? Natürlich ist es immer eine Gratwanderung, die er als Werbefachmann macht. Wo sind die Grenzen der Werbung, wie moralisch muss man, darf man sein? Den Bogen überspannen, die eigene Seele dem leibhaftigen Teufel verkaufen, nur weil die Bezahlung stimmt und der Spot gut geworden ist?

Sein Blick richtet sich durch die große Glastür auf den spärlich beleuchteten Innenhof. Langsam fallen die dicken Flocken zu Boden. Plötzlich ist es völlig still geworden. Franz hört keine Glocken mehr. Und die Lampe über seinem Schreibtisch flackert. Zwei-, dreimal. Er erinnert sich an eine

Geschichte, die er vor vielen Jahren einmal gehört hat. Wenn man unter einer flackernden Lampe steht, wird bald jemand sterben. Das hat damals eine Bekannte von ihm erzählt.

Der Grießenböck Walter wundert sich am nächsten Morgen, warum die Tür zur Agentur nicht verschlossen ist. Langsam betritt er die Räume. Ein eisiger Lufthauch zieht an ihm vorbei. Grießenböck schaut sich um. Es ist völlig ruhig, nur diese ungewöhnliche Kälte kommt ihm seltsam vor. Er geht weiter zum Büro von Franz Krapfeneder, das im hinteren Teil der Werbeagentur liegt. Die Tür ist angelehnt. Vorsichtig drückt Walter dagegen.

Das Büro gleicht einem Trümmerfeld. Stühle, Bücher und Gläser liegen verstreut herum, die Deckenlampe hängt völlig schief herunter. Das Regal mit den Geschäftsunterlagen ist umgestürzt, daneben eine zerbrochene Glasflasche. Es ist ein Bild der Verwüstung, das sich dem Walter Grießenböck bietet. Schon denkt er an einen Einbruch, doch Tresor und Schubladen scheinen völlig unbehelligt geblieben zu sein.

Da fällt sein Blick auf die zerschlagene Glastür und eine dunkelrote Spur, die von Krapfeneders Schreibtisch quer durchs Büro führt, durch die Tür hinaus auf den schneebedeckten Innenhof. Grießenböck folgt ihr, hinaus in die kühle Dezemberluft. Dunkelbraune Äste und weiße Büschel, wie Fell, liegen neben der Spur, die vor dem Kanalgitter endet. Franz Krapfeneder bleibt seit diesem Tag spurlos verschwunden. Weder die Nachforschungen der Beamten noch die verzweifelte Suche seiner Angehörigen bringen ein Ergebnis, das Rätsel um den Verbleib des Agenturbesitzers bleibt ungelöst...

Christian Kössler wurde am 1. Dezember 1975 in Innsbruck geboren. Er ist an der Universitätsbibliothek beschäftigt und wohnt mit Frau und Tochter in Mühlau. Der ehemalige Ministrant, Handelsschüler, Schulsprecher und Sportartikelverkäufer hütete jahrelang im Tiroler Fußball-Unterhaus das Tor. Er fährt leidenschaftlich gerne mit der Bahn und macht am liebsten in Italien Urlaub. Der Kurzgeschichten-Band "Bestialisches Innsbruck" ist sein Erstlingswerk.

Urs**acc**he
und
Wirkung

Gute Werbung wirkt. Sie steigert
den Umsatz, verbessert oder
ändert das Image, erhöht den
Bekanntheitsgrad, ...
Gute Werbung hat aber auch
immer eine Ursache. Für uns heißt
das: strategisch denken, kreativ
gestalten, effizient umsetzen! Und
das seit über 25 Jahren.

ACC

AGENTUR FÜR CREATIVE COMMUNICATION

ACC Werbeagentur | Adamgasse 23, 6020 Innsbruck
Tel. 0512 52 00 5 | Mail: office@acc.cc | www.acc.cc

Fußnote 1 (Seite 9): Zitat aus „Lenore." In: Die schönsten Balladen und Gedichte. Klagenfurt: Neuer Kaiser Verlag 1999, S. 21

pyjamaguerilleros*
ist ein seit dem Jahr 2001 existierender, nichtkommerzieller Kleinverlag in Innsbruck / Tirol (A).

Bisher wurden folgende Werke publiziert:

2007: Bestialisches Innsbruck. 12 mysteriös, düstere Kurzgeschichten. ISBN 978-3-9501923-6-0
C. Kössler (Paperback), 116 Seiten / *Bestellung u.a. via www.amazon.de möglich*

2006: Female Lyrics. Texte über Galtür, Hopfgarten i. Br. und Galtür. ISBN 978-3-9501923-5-3
B. Aschenwald / P. Kraxner / E. Strauß (Hardcover), 68 Seiten / *Bestellung u.a. via www.amazon.de möglich*

2006: digitally remastered. 227 Gedichte aus den Jahren 1992-2006. ISBN 978-3-9501923-4-6
T. Schafferer (Paperback), 192 Seiten / *Bestellung u.a. via www.amazon.de möglich*

2003: Gott vs. Satan. Nicht nur absurde Kurzgeschichten u. Gedichte. ISBN 978-3-9501923-2-2
D. Furxer / T. Schafferer (Broschur), 104 Seiten / *vergriffen*

2003: 1. Int. Upper-Ground-Festival. ISBN 978-3-9501923-1-5
Anthologie (Broschur), 33 Seiten / *Bestellung via www.cobi.at möglich*

2001: splitternackt. 28 Gedichte. ISBN 978-3-9501923-0-8
T. Schafferer (Spezial Hardcover), 80 Seiten / *vergriffen*

Ein großes Dankeschön für die Unterstützung u.a. an Florian Pranger und die Förderung im Rahmen des Projektes „Der literarische Herbst 2007" an:

STADT INNSBRUCK   tirol Kultur   bm:uk